SANS CŒUR

LE VOLUME COMPLET 20 CENTIMES

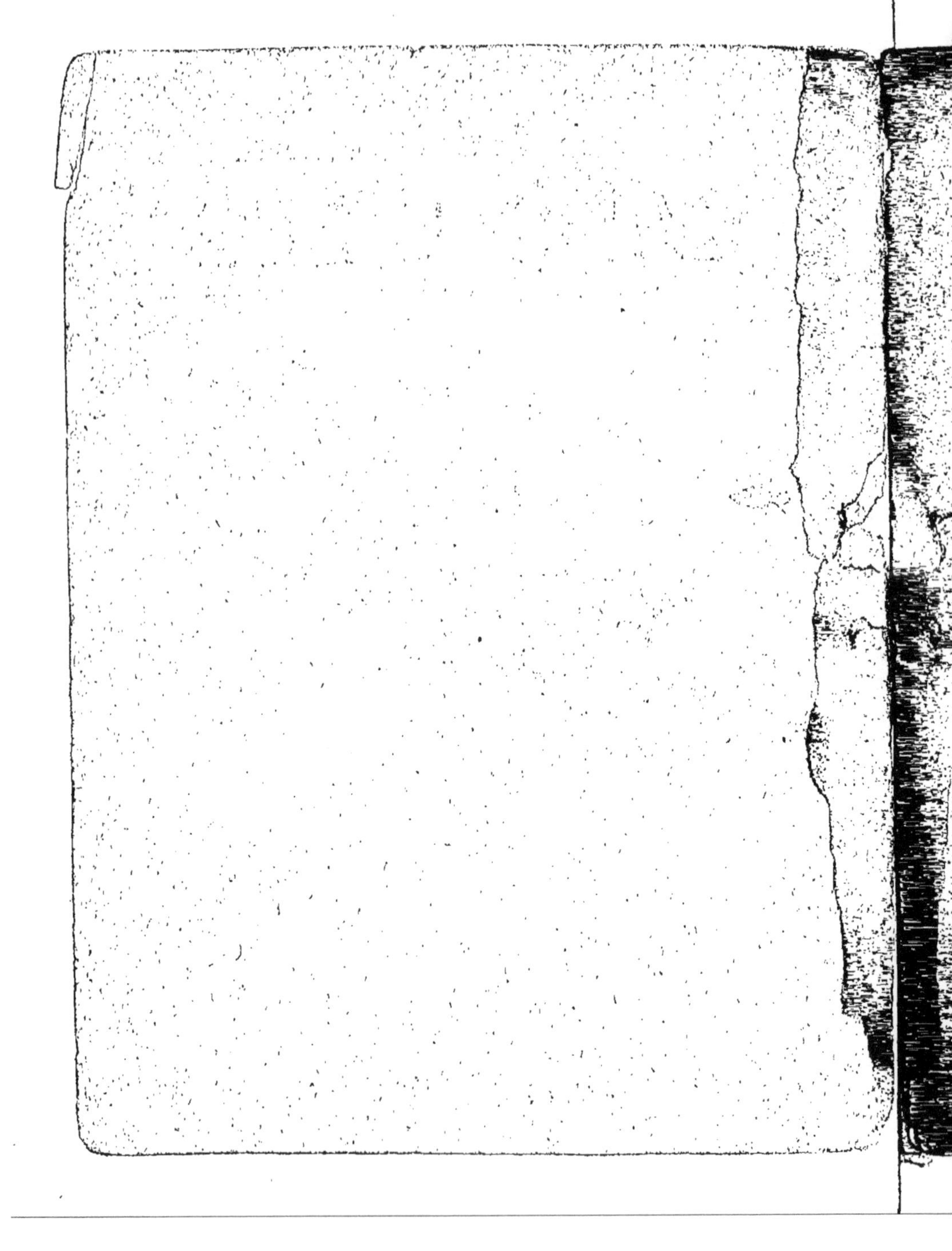

SANS CŒUR

LE PETIT LIVRE...

PUBLIERA

Samedi prochain

Honneur pour Honneur

par

Jules de GASTYNE

Le Petit Livre... ne publie

Que des Romans COMPLETS [illegible]NEDITS

DE 128 PAGES, A 20 [illegible]NTIMES

SANS CŒUR

Roman Inédit

C. BLANCHET

CHAPITRE PREMIER

Un accident

— Alors, vous n'avez pas actuellement l'emploi de ma nouvelle, M. le rédacteur ?

Cette question était faite timidement par une jeune fille paraissant à peine âgée de dix-neuf ans, à un rédacteur d'un grand journal très répandu.

— J'en suis fâché, Mademoiselle, fut la réponse faite froidement et avec indifférence. Actuellement, nous avons trop de copie intéressante en retard.

— Je serais cependant très heureuse si mon premier travail pouvait être accepté et je me contenterais volontiers d'une très minime rétribution, répliqua la jeune fille d'un ton suppliant.

La virile et fière figure du rédacteur fut éclairée par un sourire légèrement moqueur et un peu impatient.

Il examina plus attentivement la jeune fille dont les traits dénotaient une grande intelligence et qui se tenait dans une attitude modeste devant lui.

— Veuillez laisser votre travail ; je le lirai, répondit-il plus aimablement. S'il convient, je le publierai.

« Donnez-moi seulement votre adresse pour que je puisse vous écrire.

— Je m'appelle Marie Despierres, je demeure rue du Bac, 52, répondit-elle avec un joyeux regard de ses beaux yeux bleus.

« Je serai très heureuse, M. le rédacteur, si votre jugement pouvait m'être favorable.

— Nous verrons, répondit le journaliste avec indifférence, en tendant la main vers la feuille qu'il lisait au moment où la jeune fille était entrée.

Elle allait d'ailleurs se retirer quand un nouveau gêneur survint.

— Je suis heureux, M. le docteur Brun, de vous revoir chez moi, s'écria le rédacteur.

Ces paroles furent dites d'un ton si respectueux que Marie Despierres examina le survenant avec la plus grande attention.

Son regard s'attarda même quelques instants sur cet homme au visage énergique qui s'écarta respectueusement pour la laisser passer.

— Cette jeune personne paraît bien intéressante, qui est-ce ? demanda celui que le journaliste venait de saluer du nom de M. le docteur Brun.

— C'est une femme de lettres qui débute et vient de m'apporter son premier travail, répondit le rédacteur d'un ton moqueur. De nos jours, les femmes ne s'occupent plus d'autre chose que d'écrire des romans.

— Et elles produisent quelquefois des livres bien intéressants, répliqua le docteur Brun, avec assez de vivacité.

« De quel droit interdirait-on la carrière des lettres aux femmes ?

— Parce qu'elle l'éloigne trop de leur mission naturelle, répliqua le journaliste.

— A vous dire franchement les choses, M. le docteur, je dois vous avouer que je suis un ennemi de l'émancipation des femmes et que je n'éprouve pas la moindre sympathie pour les bas bleus.

— Moi non plus, mais une femme inintelligente et sotte, qui n'éprouve d'intérêt pour rien, est encore plus antipathique qu'un bas bleu, répondit M. Brun, et il ajouta : pour en revenir au but de ma visite, voici ce qui m'amène : Où peut-on trouver la famille nécessiteuse dont vous avez parlé hier dans votre journal ? Je voudrais lui venir en aide.

— Vous êtes tout bonnement un Messie pour l'humanité souffrante, M. le docteur, fut la réponse du journaliste. Je me fais un plaisir de vous donner les renseignements désirés.

domestiques, ne paraissait pas le moins du monde l'émouvoir.

Le docteur Brun devint pâle comme la mort et une poignante émotion s'empara de lui.

— Je regrette d'autant plus vivement cet accident, Monsieur, que je tenais moi-même les rênes, continua la dame sur le même ton froid et indifférent. Mais cet enfant a été bien imprudent, car il s'est jeté sous les pieds de mes chevaux. Il m'a été impossible de les retenir pour éviter l'accident.

— Je vais faire transporter cet enfant dans ma clinique, répliqua le docteur Brun avec gravité. Je crois qu'on pourra le sauver. Vous n'aurez de ce chef, nulle dépense à faire, Madame.

A ces mots, la dame enveloppa le docteur d'un regard orgueilleux et l'examina avec plus d'attention.

Ainsi que le docteur l'était devenu quelques instants auparavant, elle devint, elle aussi, d'une pâleur mortelle. Elle paraissait prête à tomber en syncope.

Ce ne fut qu'avec peine qu'elle se ressaisit pour reprendre son air froid et glacial.

— Vous faites une remarquable exception avec vos collègues, docteur, répliqua-t-elle ironiquement, car en général, ils considèrent leur art comme un métier dont ils cherchent à tirer le plus grand profit. Toutefois, je dois vous déclarer que je désire que cet enfant soit soigné à mes frais, puisque c'est moi qui suis l'involontaire cause de ce qui lui est arrivé.

Le docteur avait sur les lèvres une sévère réponse, mais il se contint néanmoins.

Une femme encore jeune, avait traversé la foule et s'était jetée sur le petit corps en poussant un cri de douleur.

Ce cri ne pouvait sortir que de la bouche d'une mère.

— Calmez-vous, Madame, dit le docteur. Je ferai tout ce qu'il est possible de faire pour sauver cet enfant.

« J'aimerais cependant que l'enfant restât sous votre constante surveillance. Vous ferez donc bien de l'accompagner à ma clinique.

— C'est l'unique enfant qui me reste des quatre que j'avais, M. le docteur, dit-elle en sanglotant. Je vous en supplie, sauvez ma petite fille, car je ne lui survivrais pas.

Le docteur Brun souleva la petite fille avec les plus grandes précautions. Elle paraissait avoir quatre ans et était fort belle.

Il fit alors signe à un cocher et ayant fait monter la mère dans la voiture, il lui mit l'enfant sur les genoux. Il monta lui-même ensuite, après avoir salué aimablement les assistants, mais sans daigner jeter le moindre regard à la femme qui avait causé ce malheur et dont la carte ornée d'une couronne comtale qu'elle lui avait tendue, gisait à terre.

Cette femme fit signe à son tour à ses domestiques, sans prêter la moindre attention à ceux qui l'entouraient.

Ses belles mains blanches saisirent de nouveau

les rênes et sa figure marmoréenne ne dénota pas trace de la moindre émotion.

Cette femme paraissait avoir le mépris de l'humanité.

Des regards de haine la suivirent.

CHAPITRE II

Une importante missive

Marie Despierres s'était trouvée par hasard sur le lieu de l'accident que nous venons de raconter. Elle avait même été la première à porter secours à l'enfant, et ne s'était retirée modestement pour se confondre avec la foule, qu'après l'arrivée du médecin avec lequel elle s'était rencontrée peu d'instants auparavant, dans le bureau du journaliste et qui avait éveillé chez elle un intérêt considérable.

Elle fut agréablement surprise de la prompte décision de cet homme, et de la chaleur de cœur avec laquelle il avait offert ses soins.

En rentrant chez elle, sa pensée fut constamment occupée par lui et il lui semblait qu'elle le connaissait déjà depuis longtemps.

Marie Despierres appartenait à une bonne famille, mais n'avait aucune fortune.

Son père, qui était mort, avait été un riche fermier que plusieurs années de mauvaises récoltes et de nombreuses épizooties avaient entièrement ruiné.

D'autres malheurs encore avaient complètement modifié le caractère de M. Despierres qui, dans les dernières années de sa vie, était devenu sombre et taciturne, alors que jadis il avait été gai et communicatif.

Mme Despierres, après la mort de son mari, s'était réfugiée avec ses deux enfants, à Paris, où elle mena une vie modeste et retirée, cherchant à augmenter ses modestes ressources en faisant des ouvrages de dame pour de grands magasins.

Mais malgré cette triste situation, Marie, qui avait de très grandes dispositions pour la musique, reçut une très sérieuse éducation musicale.

Plus tard, Mme Despierres, très souffrante, en voyant que son fils Henri était menacé d'être forcé d'interrompre ses études philologiques, faute de ressources, engagea Marie à tirer parti de son talent musical.

Mais celle-ci ne put pas s'y résoudre immédiatement, son invincible timidité l'empêchant de paraître en public.

Ce ne fut que plus tard, quand les soucis pour l'existence matérielle devinrent plus pressants, qu'elle se décida à donner des leçons de piano.

Le produit de ces leçons améliora la situation des dames Despierres et permit à Marie de venir en aide à son frère.

Elle employa ses heures de loisir à écrire, mais ne put jamais se résoudre à publier une de ses œuvres.

Ce n'avait été que sur les instances d'une famille très cultivée, où elle donnait des leçons de piano à une jeune fille, qu'elle s'était décidée à offrir sa prose au rédacteur en chef d'un journal renommé.

L'appartement qu'occupait Madame Despierres

et sa fille se trouvait dans une de ces vieilles maisons tranquilles et silencieuses, au fond d'un jardin, comme on en rencontre encore quelques-unes dans certains quartiers de la rive gauche.

Mme Despierres l'avait loué à bail en arrivant à Paris.

Il était très froid en hiver ; mais au printemps et en été, il était gai et agréable.

Mme Despierres était assise dans un fauteuil, au jardin, quand sa fille revint des bureaux du journal.

Elle pouvait avoir quarante-cinq ans environ, quoique d'après son aspect souffreteux, on lui en aurait donné bien davantage.

Dans son pâle visage, on ne pouvait pas retrouver les traces de sa beauté de jadis, mais ses yeux restés vivants et beaux donnaient un charme particulier, très pénétrant à toute sa physionomie.

La pauvre femme fut toute heureuse du retour de sa fille.

Tu es restée bien longtemps dehors, mon enfant, dit-elle aussitôt.

Marie raconta alors en paroles émues l'accident dont elle avait été témoin. Elle n'eut garde d'oublier le docteur Brun dont elle vanta grandement la délicate façon d'agir.

— Ma chère maman, son noble cœur est entièrement rempli de l'amour du prochain, dit-elle, avec chaleur. Tous le proclament un philanthrope intelligent et beaucoup le bénissent comme leur bienfaiteur. Il s'acquitte vraiment de sa mission avec une ardeur et un dévouement au-dessus de tout éloge.

— Oui, répondit en souriant Mme Despierres. Le docteur Brun se donne tout entier à sa mission de charité et en oublie même ses propres affaires.

« As-tu été aux bureaux du journal ?

— Assurément, et si ma nouvelle convient, elle paraîtra prochainement et ta petite Marie sera une femme de lettres.

En disant cela, la jeune fille s'inclina profondément devant sa mère et un sourire gamin éclaira sa gracieuse figure.

— Et moi, je crois que ton travail sera agréé, ma chère enfant, dit Mme Despierres avec chaleur. Et s'il n'est pas ce qu'on peut appeler un chef-d'œuvre, il est néanmoins très bien, écrit comme il l'est, avec les pures impressions d'un cœur de jeune fille.

« On y sent un souffle poétique malgré la peinture exacte que tu y fais de la vie.

Un coup de sonnette l'interrompit.

— Ah ! voici le facteur, dit-elle.

Marie alla vivement à sa rencontre.

— C'est une lettre de Leipzig, d'Henri, dit-elle gaiement après avoir jeté un coup d'œil sur l'adresse.

— Donne, mon enfant. Et Mme Despierres lut la courte lettre de son fils.

Son contenu eut sur elle un effet terrifiant.

Tout son corps fut saisi d'un violent tremblement et ses lèvres s'agitèrent involontairement.

La lettre lui tomba des mains, et ce fut en se raidissant et en faisant sur elle-même un violent effort qu'elle évita la syncope qui la menaçait.

Marie fut consternée et c'est machinalement qu'elle tendit la main vers le fatal papier.

Oui, c'était bien l'écriture de son frère et tout d'un trait, elle lut les lignes suivantes :

Chère mère,

Quand ces lignes te parviendront, je ne serai probablement plus au nombre des vivants, mais je ne veux pas partir sans avoir obtenu ton pardon.

C'est par hasard que j'ai fait la connaissance d'un jeune homme qui, comme moi, se livre à des travaux philologiques. Celui-ci, un garçon [illegible] qui cache les vices de son cœur sous des dehors brillants, m'a complètement ébloui. Il m'a entraîné dans le tourbillon de la vie et j'ai eu le grand tort de l'écouter. J'ai fait des dettes. Un engagement d'honneur que j'ai pris vient à échéance dans quelques jours, et je n'ai aucun moyen de m'acquitter.

Oh! si je pouvais me réfugier auprès de toi, chère mère, peut-être pourrais-je lire dans tes yeux si bons mon pardon.

Adieu.

Ton malheureux fils,

HENRI.

[illegible] Marie regarda sa mère [illegible] le visage.

— Que faire, Marie ? put enfin articuler Mme Despierres. Je ne peux pas laisser mourir mon enfant. Les heures de désespoir qu'il a vécues par sa légèreté lui seront probablement une leçon suffisante et le préserveront de toute rechute. Il est égaré et non corrompu.

— Nous vendrons tout, mère. Le produit de cette vente suffira peut-être à le sauver, répliqua tristement Marie.

— Et que deviendrons-nous, ma chérie ? demanda anxieuse Mme Despierres.

— Je chercherai une situation qui nous fera vivre, mère. Mais ne me regarde pas avec ces yeux de désespoir, ajouta-t-elle, doucement. Le monde appartient aux courageux. Il y a des milliers et des milliers d'êtres qui vivent dans une étroite dépendance, je saurais bien, moi aussi, m'y résigner.

— Tu veux me quitter, ma chérie ? demanda Mme Despierres d'une voix mouillée de larmes.

« Que vais-je devenir, moi, qui suis vieille et malade ?

— Nous demeurerons toujours dans la même ville, maman, répondit avec douceur Marie. Je n'ai qu'une seule préoccupation, c'est de te faire une vie exempte de soucis.

— Tu pourras peut-être y arriver sans que nous ayons besoin de nous séparer.

— Mère chérie, je ne t'ai pas tout raconté parce que je ne voulais pas te faire de la peine.

« Le nombre de mes élèves a malheureusement beaucoup diminué dans ces derniers temps. Et comme je voulais connaître les causes de ces défections, j'ai appris que des professeurs offraient des leçons à un prix beaucoup inférieur à celui que je demande. Quant aux élèves qui me restent, beaucoup vont partir en vacances.

Mme Despierres resta plongée dans ses tristes réflexions. Un lourd sanglot souleva sa poitrine tandis que ses yeux se remplissaient de grosses larmes.

— Ne te désespère pas ainsi, maman, dit Marie, d'une voix douce. Dieu nous a assistés jusqu'à ce jour, il continuera à nous assister dans l'avenir.

— Ainsi soit-il, répondit Mme Despierres, un peu consolée.

« Qu'il soit fait comme tu le désires, mon enfant, nous essaierons de sauver Henri. Une voix intérieure me dit d'ailleurs que notre sacrifice ne sera pas inutile.

CHAPITRE III

Tout sacrifié

Au troisième étage d'une maison située dans le quartier des étudiants à Leipzig, se trouve la chambre simplement meublée de l'étudiant Despierres.

Pendant trois ans, il avait fait à Paris de solides et brillantes études après lesquelles il décida d'aller se perfectionner à Leipzig où d'ailleurs il avait l'intention de faire certaine recherches.

Par son caractère ouvert et franc, il s'était créé de nombreuses amitiés parmi ses collègues. Ses maigres ressources l'obligèrent à mener une vie retirée et ce n'était que rarement qu'il assistait aux réunions de ses camarades.

Depuis quelque temps cependant, il avait modifié ses façons de vivre.

Au premier étage de la maison qu'il habitait, était venu s'installer un autre jeune français, Charles Beuvier, qui était un garçon insouciant. Il eut vite gagné l'amitié de Despierres dans la société duquel il fit tout d'abord montre des plus belles qualités.

Despierres fut gagné par les brillants dehors de son ami et par ses manières vraiment ensorcelantes.

Il était malheureusement trop tard quand il

s'aperçut que ces dehors brillants cachaient une âme basse et de graves défauts.

Charles Beuvier sut détourner son ami de sa vie calme, entièrement consacrée au travail. Il sut l'entraîner de plaisirs en plaisirs dans le tourbillon d'une vie fort agitée.

Henri ne sut pas résister à l'influence pernicieuse de son peu scrupuleux ami ; il abdiqua toute volonté pour se laisser docilement conduire par lui.

Charles Beuvier ne lui laissa pas le temps de réfléchir et c'est ainsi qu'il le conduisit au bord du précipice.

Henri passa des nuits entières hors de son logis. Il se rendit avec Charles dans tous les lieux de plaisir, et celui-ci sût lui inspirer le goût d'une passion, qui en a conduit tant d'autres à leur perte, celle du jeu. Il en résulta pour le jeune Despierres de graves soucis d'argent que son ami sût pallier pendant quelque temps en l'adressant à des usuriers.

Mais finalement, les yeux d'Henri s'ouvrirent et le charme que son séduisant ami avait exercé sur lui, tomba.

Ses créanciers pressèrent Henri de remplir ses engagements, mais comme il était sans le sou, il ne pût y parvenir.

Il eut tout d'abord l'idée de s'adresser à sa mère et à sa sœur, mais il aima mieux se décider à se suicider, que de leur demander de l'argent, car il savait que les deux courageuses femmes se privaient de tout pour lui permettre de satisfaire son plus cher désir : étudier une année en Allemagne.

Et comment les en avait-il récompensées ?

Il se fit les plus amers reproches de son inexcusable conduite, en arpentant dans la plus grande agitation, sa petite chambre.

Sa famille avait toujours été fière de lui, et les paroles que sa mère lui avait adressées avant son départ résonnaient encore à ses oreilles : « Inutile de te faire aucune recommandation, mon cher Henri. Tu ne m'as jamais causé que de la satisfaction, je puis donc te laisser partir sans crainte ». Et maintenant, que devaient être les impressions de sa mère et de sa sœur en lisant la lettre qu'il leur avait écrite ?

Une balle dans la tête ? mais ce serait terminer honteusement une existence misérable et tuer ma mère !

Au surplus, serait-ce le rachat de mes fautes ?

Il en était là de ses douloureuses réflexions, quand on frappa légèrement à sa porte.

C'était le facteur qui lui apportait un mandat de quatre mille francs.

Etait-il le jouet de ses sens, ou un génie ironique venait-il se moquer de lui ?

Mais non, c'était bien l'écriture de sa mère bien aimée.

Il déchira vivement l'enveloppe et lut la lettre suivante :

Mon cher Henri,

J'espère que cet envoi suffira à [illegible] tes

folies. Cet argent provient de la vente de tout ce que nous possédions. Nous en faisons volontiers abandon pour te rendre le repos.

Je ne te ferai pas de reproches. L'homme est faillible et la tentation a parfois des aspects bien séduisants.

J'espère que tu n'auras pas perdu le respect de toi-même et j'ai confiance en toi. Je voudrais tant te conserver l'affection et l'estime que j'ai toujours eues pour toi.

Marie t'embrasse affectueusement. Elle a pris une place de dame de compagnie dans une excellente famille et elle t'écrira prochainement.

Reprends une vie régulière, mon Henri, Redeviens un homme qui puisse être fier de lui-même.

Ta mère fidèle.

En lisant cette lettre, Henri fut saisi d'une intense émotion.

Ainsi, le cœur si noble et si bon de sa mère, avait su tout sacrifier pour mettre, sans lui faire aucun reproche, à la disposition de son fils, les ressources nécessaires pour payer ses dettes !

Aussitôt, il se fit à lui-même la promesse de ne plus jamais infliger à sa pauvre mère une heure de peine.

Ce n'est pas en vain qu'elle aura fait un tel sacrifice, se dit-il.

Ce jour même, Henri paya toutes des dettes. Il aurait bien pu, avec l'argent qui lui restait continuer ses études en restant indépendant, mais il décida de chercher une situation où il gagnerait quelqu'argent. Il eut la chance de trouver une place de précepteur dans la maison du richissime manufacturier Lenoir, établi depuis de très longues années en Allemagne.

Charles Beuvier essaya bien de reprendre ses relations avec lui, mais il fut froidement éconduit.

Henri Despierres avait retrouvé sa mâle énergie quand il eut constaté que la route sur laquelle il s'était précédemment engagé, conduisait à la ruine et au déshonneur.

CHAPITRE IV

Un noble ami de l'humanité

Dans un des plus beaux quartiers de Paris, se trouve une maison qui, par son style élégant, attire aussitôt les regards. Le jardin qui y est attenant est un des plus beaux de la capitale et fait l'admiration de ceux qui le visitent.

Cet hôtel est la propriété du docteur Brun. Il en occupe le premier étage où se trouvent, à gauche, le salon de réception et son cabinet, à droite, ses appartements.

Au second étage, demeure une vieille dame, son unique parente.

Le docteur Brun est la Providence des pauvres et c'est à juste titre, qu'il est réputé pour son dévouement et la noblesse de son caractère.

Son activité tout entière appartient à des malades pauvres, auxquels il prodigue journellement ses soins.

Il possédait une fortune considérable, car cet hôtel, il l'avait payé comptant et il avait fait construire un pavillon y attenant pour en faire une clinique.

Parmi les nombreux étrangers qui ont fait appel à son art et à son talent, (car les guérisons qu'il a opérées lui ont acquis une renommée universelle) se trouvent beaucoup de pauvres gens dénués de toute ressource, pour séjourner longtemps dans la capitale où la vie est si chère et pour lesquels sa clinique a été un refuge béni.

La petite fille, à l'accident de laquelle le docteur Brun avait presque assisté, s'y trouvait en ce moment.

Elle allait à grands pas vers la guérison, grâce aux soins du docteur et de sa mère.

Le docteur Brun était tout heureux de voir cette jolie petite fille revenir à la santé et reprendre son insouciance d'enfant.

La petite Mélanie, (c'était le nom de la petite fille), était devenue l'enfant gâtée de toute la maison et elle avait donné au docteur Brun, le nom d'oncle, depuis qu'il lui avait apporté une grande et belle poupée.

L'enfant complètement rétablie était sur le point de quitter la clinique.

Les heures de consultation étaient depuis longtemps passées et le docteur se sentait très las, quand il revint dans son appartement où l'attendaient la mère et l'enfant.

La petite fille à laquelle il avait pu conserver la vie, était devenue comme une partie de lui-même, et au moment où elle allait le quitter, il sentait combien était profonde l'affection qu'il avait pour elle.

— Vous partez vraiment aujourd'hui, madame Dulong, dit-il d'un ton si chagriné, que la pauvre femme en fut toute surprise ?

— Mon mari a hâte de revoir son enfant, M. le

docteur, et il y a bien assez longtemps que nous vous sommes à charge. Jamais, nous ne saurons être assez reconnaissants de ce que vous avez fait pour nous, répondit la brave femme.

— Mais je ne veux pas quitter mon oncle, maman.

Et en disant cela, la petite Mélanie mit ses deux bras autour du cou du médecin et appuya sa petite tête contre sa joue.

— Non, tu ne me quitteras pas, ma petite chérie, répondit le médecin.

Et s'adressant à la mère, il dit :

— Je vais vous faire une proposition, Madame, car je crois avoir aussi quelques droits sur votre petite fille.

« Les mansardes de ma maison sont vides. Ce sont de belles pièces très saines et bien aérées, venez y demeurer avec votre mari et votre enfant. Vous pourrez vous y installer très confortablement, et Mélanie continuera à rester ainsi sous ma surveillance.

« Ma proposition vous agrée-t-elle ?

Les yeux de la brave femme se remplirent de larmes de reconnaissance et elle répondit :

— Très volontiers, M. le docteur.

Il lui tendit la main et ajouta :

— Confiez en attendant votre petite fille à ma tante. Elle en prendra soin et demain matin, vous pourrez emménager. Est-ce convenu ?

Mme Dulong s'inclina en signe d'assentiment ne trouvant pas de mots pour exprimer sa reconnaissance.

— Va maintenant avec ta mère, dit le docteur en asseyant la petite fille sur un fauteuil.

« Au revoir, Mme Dulong, mon temps est pris.

Il allait prendre son chapeau et sa canne, quand un domestique en riche livrée vint lui apporter une lettre.

Il la décacheta vivement et de l'enveloppe tomba une carte parfumée avec cette suscription :

SOPHIE ALEXANDRA
COMTESSE DE RIVEBELLE

Le docteur chercha à se rappeler où il avait déjà lu ce nom.

Il ne réfléchit pas longtemps. La dame qui avait causé l'accident de la petite Mélanie lui avait tendu une carte semblable qu'il avait dédaigneusement jetée par terre.

Machinalement, il retourna la carte et lut ces mots, écrits d'une écriture de femme, droite et volontaire.

Souffrant d'un violent mal au cou, je vous serai très obligée de venir chez moi pour me donner vos soins.

Compliments respectueux,

SOPHIE ALEXANDRA,
COMTESSE DE RIVEBELLE.

Les yeux du docteur errèrent sur ces lignes. Les lettres semblaient danser devant lui.

Il se décida alors à ouvrir son secrétaire, et cherchant dans ses papiers, il mit la main sur un petit paquet de lettres nouées ensemble par un ruban.

Ses lèvres s'étaient serrées et ses yeux bruns d'ordinaire très doux étaient devenus sombres et menaçants.

Il compara attentivement les deux écritures.

Le doute n'était pas possible. C'était bien la même écriture droite et volontaire que sur la carte.

« Ainsi, c'était bien elle. Elle m'a sans doute reconnu puisqu'elle m'adresse cet appel : la femme parjure paraît être devenue aussi une femme sans cœur. »

Très surexcité, il jeta les lettres avec la carte dans le feu mourant de la cheminée et ne se calma un peu que quand tout fut consumé.

« Cest mon secours que réclame cette misérable femme, dit-il, en souriant ironiquement, tandis que la haine et la colère enlaidissaient les traits si purs de son visage.

« Mais comme le devoir passe avant tout, je me rendrai chez elle.

Et il reprit son chapeau et sa canne qu'il avait déposés pour prendre et lire la carte de la comtesse de Rivebelle.

L'orage qui avait bouleversé son cœur était apaisé.

Il pouvait maintenant se présenter devant cette femme qui avait presque réussi jadis à détruire chez lui toute confiance dans les hommes ; cette femme qui, par son manquement à la foi jurée, avait empoisonné son existence.

CHAPITRE IV

Où l'on se retrouve

Le grand et bel hôtel de l'ambassadeur de [illegible] qui avait été mis en vente quelque temps auparavant avec toute son installation, avait été acheté par la comtesse de Rivebelle.

Cette dame dont la beauté était merveilleuse, avait fait beaucoup parler d'elle quoiqu'elle menât une vie très retirée et qu'on ne la rencontrât guère que parfois en promenade.

Elle ne faisait pas de visites, ne recevait [illegible], allait rarement au théâtre, et si par aventure quelqu'un désirait admirer sa beauté, il ne pouvait le faire qu'à une distance très respectueuse.

Cette beauté était très réelle, mais c'était une de ces beautés qui laissent froid.

Le regard de ses beaux yeux [illegible] et ses traits classiques avaient une expression glaciale.

Sa [illegible] tenait tout le monde à distance.

Ses domestiques mêmes ne l'approchaient [illegible] [illegible] [illegible]

[illegible] au service de la comtesse.

A son arrivée [illegible]

[illegible]

La comtesse de Rivebelle surveillait tout chez elle. Rien n'échappait aux regards de ses grands yeux noirs et quoiqu'elle évitât tout contact avec ses domestiques, elle était informée de tout ce qui se passait dans son hôtel.

C'est dans cette région glacée que Marie Despierres, au cœur si chaud et si enthousiaste avait échoué.

La comtesse de Rivebelle avait demandé par voie d'annonces une dame de compagnie, bonne musicienne, et Marie Despierres s'était présentée et avait été aussitôt agréée.

Un sentiment de malaise s'était emparé d'elle quand elle avait monté le grand escalier où le tapis de haute laine étouffait ses pas, et ce sentiment persistait quand elle entra dans un magnifique boudoir où elle se trouva en présence de la comtesse.

— Vous êtes Mademoiselle Despierres, lui avait dit Mme de Rivebelle très poliment, mais d'un ton si froid que Marie en eut un frisson.

Un léger signe de la main invita Marie à s'asseoir.

Les conditions furent vite débattues, la comtesse ayant été satisfaite des explications fournies par la jeune fille.

Elle était entrée en fonctions depuis quelque temps déjà, mais la singulière impression qu'elle avait éprouvée au début, persistait toujours et devenait même plus forte dès qu'elle se trouvait en présence de la comtesse, qui cependant la traitait toujours très bien.

La comtesse de Rivebelle était souffrante depuis quelques jours, et par suite de son malaise, assez mal disposée pour son entourage.

Mlle Despierres avait, elle aussi, beaucoup à souffrir de l'humeur changeante de la comtesse.

Son gracieux visage avait perdu ses belles couleurs roses et le brillant regard de ses yeux s'était terni.

Elle se trouvait à l'étroit dans sa cage dorée. Un vent glacé soufflait à travers le magnifique hôtel et avait une profonde action sur son cœur si chaud.

Dans sa chambre même, elle ne se sentait pas à l'aise.

Un volume de Victor Hugo, *Les feuilles d'automne*, se trouvait depuis longtemps ouvert sur sa table, mais ces belles poésies mêmes avaient perdu pour elle tout leur charme dans cette région glacée.

Elle était cependant décidée à relire les œuvres de son poète favori, quand un serviteur vint lui dire que la comtesse la demandait.

Elle ferma aussitôt le livre en poussant un soupir et se rendit auprès de la comtesse qui se trouvait dans le salon jaune.

Au moment où Marie parut, elle était assise dans un fauteuil. Elle n'avait jamais été plus belle qu'en ce moment.

Elle était vêtue d'une robe de soie jaune pâle, garnie de dentelles noires qui faisaient paraître plus blancs encore son cou et sa nuque. Son abondante chevelure noire était nouée en un chignon. Seule, une petite mèche, tombait sur son front admirable.

Marie n'avait jamais vu, depuis qu'elle vivait dans la maison, la comtesse vêtue autrement que de couleurs sombres qui mettaient moins en valeur sa grande beauté, que la robe qu'elle portait en ce moment.

La surprise qui se lisait sur les traits de la jeune fille, sembla satisfaire la comtesse, car ses yeux perdirent leur expression de froideur et sur ses lèvres rouges se jouait un sourire de satisfaction.

— Madame la comtesse m'a fait demander, dit Marie respectueusement.

— Oui, Mademoiselle, je désirerais entendre un peu de musique. J'espère que les œuvres de nos grands maîtres sauront dissiper mes sombres pensées.

La comtesse avait dit cela d'un ton si singulier que Marie en fut toute saisie.

La comtesse de Rivebelle avait jusqu'à ce jour, traité Marie comme une dame de compagnie salariée : avec beaucoup d'égards, il est vrai, mais néanmoins comme une personne dépendante.

Jamais elle n'avait mis Marie à même de jeter un regard sur son passé, comme cela aurait pu arriver grâce à leurs relations journalières, d'autant plus qu'elles étaient à peu près du même âge et que toutes deux étaient jeunes et belles.

Marie savait, il est vrai, que la comtesse de Rivebelle était d'origine belge, qu'elle s'était mariée à dix-huit ans, qu'elle était devenue veuve et qu'elle devait avoir vingt-huit ans, environ.

Elle ne cherchait pas d'ailleurs à provoquer les confidences de cette femme vers laquelle elle n'était nullement attirée ; elle était contente au contraire, quand elle pouvait éviter toute conversation avec elle.

Elle aimait bien mieux sa chambre et ses livres que le luxueux boudoi de la froide et orgueilleuse comtesse.

La comtesse fit un signe vers le piano ouvert en disant :

— J'ai fait un peu de musique, mais Chopin et Liszt me fatiguent aujourd'hui. Veuillez me jouer une sonate de Mozart et après, vous jouerez selon votre propre fantaisie.

Le ton était devenu aimable. Marie préluda, mais n'était pas à même ce jour-là, de pénétrer la pensée du grand Mozart. Il lui fallait quelque chose de plus simple, aussi joua-telle quelques mélodies populaires et elle allait continuer, quand un domestique annonça le docteur Brun.

Une rougeur subite empourpra la figure de Marie. Mais quoique la comtesse éprouvât une très grande surprise, elle remarqua ce changement de couleur de Marie. Elle jeta sur la jeune fille un regard méfiant et dit :

— Je vous prie de me laisser seule avec le docteur que j'ai fait demander pour le consulter au sujet de mon indisposition. Et en disant ces mots, elle fit avec la main un léger signe de congé.

Marie allait se retirer quand le docteur entra.

Son regard resta un moment fixé sur la comtesse particulièrement belle, ce matin ; il se fixa ensuite sur Marie qui, avec sa simple robe de serge bleue, semblait être une belle et gracieuse fée.

La comtese de Rivebelle ayant surpris ce regard se mordit les lèvres et dit :

— Je vous ferai appeler plus tard, Mlle Despierres, quand j'aurai besoin de vous ; et une légère inclinaison de sa tête orgueilleuse accompagna ces froides paroles.

Marie se retira aussitôt après avoir salué la comtesse et le médecin.

— Veuillez vous asseoir, M. le docteur, dit la comtesse en désignant au médecin un fauteuil près du divan où elle était elle-même assise.

— Vous avez besoin de mes soins, Mme la comtesse ? dit le docteur d'un ton froid ?

— Oui, docteur ; depuis longtemps, je souffre d'une violente douleur dans le cou dont je n'ai pas pu me débarrasser malgré tout ce que j'ai pu faire.

Un sourire légèrement ironique passa sur les lèvres du docteur quand il regarda la large échancrure du corsage de la comtesse.

— Vous n'avez peut-être pas suivi exactement les prescriptions des médecins que vous avez consultés

« Il vous faut avant tout de la chaleur, beaucoup de chaleur.

« Et où souffrez-vous particulièrement, Mme la comtesse ?,

La comtesse donna toutes les indications.

Le médecin reprenant, dit d'un ton particulièrement détaché :

— Une rechute ne peut être évitée que si vous vous soumettez à une opération.

Effrayée, la comtesse répondit :

— N'y a-t-il donc aucun autre moyen, docteur ?

— Non, madame, répliqua-t-il tranquillement, si vous voulez être entièrement débarrassée de votre mal.

— Et l'opération laissera sans doute une cicatrice visible ? demanda-t-elle anxieusement.

— Assurément, il ne peut pas en être autrement.

— Alors,je ne veux pas d'opération. Je supporterai mon mal, répliqua-t-elle vivement.

« Je me suis séparée de ma dernière dame de compagnie, uniquement parce que la vue d'une cicatrice qu'elle avait au cou et au bras offusquait mon sens esthétique et m'était devenue insupportable.

Le docteur Brun prit une attitude glaciale, parce que ces paroles dénotaient une frivolité et un manque de cœur absolu.

— Une autre question, docteur, ajouta-t-elle aussitôt sans prendre garde au mauvais effet produit par ses paroles.

« L'enfant qui a été blessé par mes chevaux est rétabli, n'est-ce pas, grâce à vos soins ?

— En êtes-vous informée, madame ?

Ces mots furent dits presque ironiquement par

le docteur pendant qu'un sourire moqueur se jouait sur ses lèvres.

Mme de Rivebelle eut une regard irrité et dit :

— Je suis informée, mais je ne sais pas comment faire avec ces gens.

Ces mots furent prononcés avec une hauteur particulière.

— Vous n'aurez qu'à leur donner de l'argent, Mme la comtesse, répliqua le médecin ironique. L'argent guérit toutes les blessures.

Le regard de la comtesse devint encore plus mauvais et elle dit vivement.

— Vos clients doivent se trouver dans les classes pauvres et misérables de la société et à leur contact on doit un peu désapprendre la politesse.

— Je suis en effet, médecin des pauvres, Mme la comtesse, et ma fortune me le permet, mais je crois cependant pouvoir vous rappeler que vous aussi êtes issue de ces basses classes de la société.

— Je suis reconnue ! s'écria aussitôt la comtesse, et son regard se dirigea, hostile, vers la belle figure du médecin.

— Oui, reconnue, répliqua celui-ci d'une voix presque blanche en prenant son chapeau.

Elle lui barra vivement le passage.

— Et tu ne me demandes pas ce qui m'est arrivé depuis ?

— Rien que de très bon, je suppose, répondit-il avec un rire amer. Mme la comtesse de Rivebelle s'est très bien conservée, à en juger d'après sa figure.

« Son amour de l'argent et des titres a été largement satisfait. Qu'importe au surplus si le bonheur d'un homme a été anéanti !

Le beau visage de la comtesse qui, d'ordinaire, était d'un blanc mat, était devenu pâle comme la mort.

— Si j'avais su alors que la richesse et les titres ne peuvent pas dédommager d'une existence sans amour, je ne les aurais certes pas recherchés, dit-elle avec fermeté ; mais j'ai à peine parcouru la moitié de mon existence, l'avenir m'appartient. Ai-je perdu tout droit au bonheur parce que j'ai cherché à m'élever ? Je crois sincèrement que j'ai encore le pouvoir de donner et de recevoir du bonheur.

A ces mots, toute sa personne avait pris un air particulièrement séduisant. Elle était belle, merveilleusement belle, une œuvre parfaite de la création.

La magie que cette belle Circé avait exercée jadis sur le docteur, paraissait opérer de nouveau, mais ne dura que le temps d'un éclair.

A son esprit, apparut la gracieuse jeune fille qui avait quitté le salon quand il y était entré.

Déjà une fois il l'avait rencontrée dans les bureaux du journal où on lui avait dit qu'elle débutait comme femme de lettres.

Qui était-elle et comment était-elle arrivée dans cette maison ?

C'était sûrement elle qui jouait ces belles mélodies qu'il avait entendues de l'antichambre.

Il était exorcisé. La belle et dangereuse femme

qui se trouvait devant lui n'avait plus d'action sur son cœur.

L'amour violent qu'il avait éprouvé jadis pour elle, était mort le jour où il avait appris sa trahison.

Assurément, elle était assez belle pour égarer ses sens, mais non son cœur.

— Je suis loin de vous dénier le droit au bonheur, répondit-il, froidement. Vous pouvez demander beaucoup à la vie, d'autant plus que le cœur et le sentiment n'entreront pas en ligne de compte.

« Peut-être apprendrai-je plus tard que vous avez trouvé le bonheur désiré aux côtés d'un prince. Le luxe et une vie brillante suffisent à satisfaire une femme sans cœur ; vous en avez donné la meilleure preuve.

— Alors, point de pardon? demanda-t-elle d'une voix éteinte.

Le soulèvement de sa gorge montrait combien était vive son émotion.

Elle était outrée de voir que l'homme qui l'avait jadis aimée d'un amour exclusif, mais qu'elle avait abandonné pour un homme plus riche, résistait à ses entreprises et déclinait d'un ton moqueur toute idée de réconciliation avec elle.

— Je n'ai plus de colère contre vous, dit-il. Vous avez agi comme beaucoup d'autres l'auraient peut-être fait à votre place.

« A notre époque si terne, il faut être pratique et ne pas s'embarrasser de sentiment. Il est vrai que pour ma part, je n'ai pas très bien compris la chose et ne la comprends pas très bien encore.

« Si vous êtes dans l'intention de suivre mon conseil relativement à votre mal, Mme la comtesse, je vous serai obligé de m'en informer, continua sur le ton d'une froide politesse le médecin.

Et en disant ces mots, il fit à sa belle malade, un profond salut auquel celle-ci répondit par un regard suppliant, mais les traits de l'énergique et beau visage du médecin restèrent impassibles.

CHAPITRE VI

Doulouroux souvenirs

Ce ne fut que tard dans la soirée que le docteur Brun revint chez lui.

Des sentiments divers l'agitaient quand il entra dans son cabinet.

La rencontre avec la femme qui avait été son premier amour, l'avait puissamment remué.

Plongé dans ses réflexions, il contemplait le beau ciel étoilé.

De vieux souvenirs se levaient dans son âme évoquant tour à tour des heures gaies ou tristes, mais tous étaient dominés par l'image de la femme qui l'avait jadis lâchement abandonné.

Son enfance se dressa devant lui. Elle avait été heureuse quoiqu'elle n'eût pas été cajolée par la tendresse d'une mère.

Son père avait cherché à remplacer pour lui l'amour de sa mère morte, quand il était tout petit.

Tout lui rappelait ce père bien-aimé dont toute l'activité s'était concentrée sur le petit être que lui avait laissé sa chère femme disparue, et Charles avait bien répondu à ce profond amour paternel.

Il était devenu l'orgueil de ses maîtres et un modèle pour ses camarades.

Son éducation avait fait de lui un homme accompli.

A cette heure, une profonde douleur venait s'emparer de cet homme en apparence si heureux. Comme il était solitaire et abandonné !

Il n'avait pas d'intérieur. Seul l'amour du prochain remplissait son cœur.

Il avait rêvé jadis de se faire un intérieur délicieux, heureux avec la compagne aimée, et maintenant, dans sa maison vide, ni le sourire d'une femme aimée, ni les cris joyeux d'un enfant ne venaient l'accueillir.

Celle aux côtés de laquelle il avait pensé passer son existence, l'avait abandonné pour en suivre un autre.

Quel contraste entre le passé et le présent !

Mais comme aussi elle s'était tenue humble devant lui, cette femme qu'il n'avait plus revue depuis de longues années !

Il se rappela la froide et pluvieuse journée où la petite Sophie avait suivi, pieds nus, avec ses deux sœurs plus jeunes qu'elle, le cercueil de sa mère.

Son père, qui était un pauvre petit menuisier venu de la Belgique à Paris, demeurait depuis longtemps dans une des maisons de la famille Brun, et Charles savait qu'il était trop pauvre pour payer son loyer.

La mère de Sophie avait été malade pendant de longues années et très souvent on lui avait envoyé [illegible], vivres et vin fin pour la secourir.

Quand elle mourut, une grande pitié le saisit. Il avait suivi l'enterrement jusqu'au cimetière.

Au retour, les pauvres petites avaient marché docilement à ses côtés et il les avait directement conduites dans le cabinet de son père qui les avait regardées tout saisi :

« Papa, achète à ces pauvres enfants des souliers. Je consacrerai à cette dépense ce que tu dois me donner pour mon anniversaire de naissance, avait-il dit d'un ton suppliant ».

Et son père avait fait selon son désir sans diminuer en rien son cadeau d'anniversaire.

Des années s'étaient passées. Le menuisier Burel demeurait toujours avec ses enfants dans la maison appartenant à M. Brun, mais leur situation s'était bien améliorée, grâce à l'assistance du père du docteur.

Sophie, l'aînée, avait été prise par une parente éloignée et c'est plus tard, seulement, quand elle put tenir la maison de son père qu'elle était revenue ; mais, par son orgueil et son manque de cœur, elle avait rendu la vie amère aux siens.

Pour Charles seulement, elle avait de la reconnaissance et des attentions et celui-ci se sentait fortement attiré vers la superbe jeune fille.

Tout d'abord, il crut que son père ne s'en était pas aperçu, mais une remarque de celui-ci lui avait vite montré qu'il était renseigné.

— Sophie Burel a un orgueil insupportable, avait-il dit un jour au déjeûner, et en disant ces mots, M. Brun avait regardé son fils qui était devenu tout rouge et il avait ajouté :

« Les siens en souffrent grandement. Si elle continue ainsi, la vie lui réservera bien des déceptions.

— Elle n'est pas orgueilleuse, mon père, avait répondu Charles vivement. Son attitude vient de ce que son éducation est de beaucoup supérieure à celle des siens.

— Tu parais être joliment informé sur la nature de son caractère, fut la réponse sarcastique du père.

« Tu ferais bien mieux de t'intéresser uniquement à tes études. Je suis heureux de voir que tu prendras prochainement tes inscriptions à la Faculté.

Le ton de son père était devenu si dur, que Charles en fut tout interloqué.

En voyant cela, M. Brun se radoucit aussitôt et ajouta :

— Mon fils, je ne voudrais partager ton affection avec personne et je voudrais surtout t'épargner les chagrins de la vie.

Charles avait spontanément mis ses deux bras autour du cou de son père pour l'embrasser et lui témoigner toute sa reconnaissance, et à partir de ce jour, il avait moins cherché à se rencontrer avec Sophie.

Mais les paroles de son père l'avaient averti de ses propres sentiments ; le voile était tombé ; il aimait cette jeune fille avec cet amour profond et recueilli d'un cœur jeune et innocent, avec ce respect aussi qui met l'élue sur un piédestal.

Avec, dans le cœur, l'image de la bien-aimée, il commença ses études médicales.

Il avait su au préalable s'enquérir des sentiments de Sophie à son égard, et l'avenir lui apparaissait sous les couleurs les plus riantes.

Après la première année d'études écoulée, les vacances permirent à Charles de voir journellement la bien-aimée au charme de laquelle il ne pouvait plus se soustraire.

Un jour, son père lui ayant raconté que Sophie Burel avait éconduit un prétendant sérieux, il ne put plus se contenir et lui avoua son amour en ajoutant que sans Sophie, la vie n'aurait aucun agrément pour lui.

Il parla à son père comme un fils très-respectueux, mais aussi comme un homme parlerait à un autre homme, et le pria de donner son consentement à ses fiançailles avec Sophie.

M. Brun donna ce consentement pour ne pas désespérer son fils.

Ses fiançailles célébrées, Charles reprit ses études avec plus d'ardeur.

Sophie devait passer deux années dans un lycée pour compléter son éducation et demeurer ensuite dans la maison de son futur beau-père jusqu'au moment où Charles aurait soutenu sa thèse de docteur.

Le jeune homme venait de terminer brillamment sa seconde année d'études quand un jour, au moment où il allait entrer dans la salle de cours à la Faculté, on lui remit un pneumatique.

Effrayé, il le prit. Il ne contenait que quelques

mots, mais qui opérèrent comme un coup de foudre.

Rentre vite. Ton père frappé d'un coup d'apoplexie. La fin est proche.

MARIE BRUN.

Hébété, il regarda le papier. Il y avait un moment à peine, il s'était tant réjoui de causer le soir avec son père pour lui soumettre un projet qu'il avait conçu.

Comme un automate, il retourna sur ses pas, pour rentrer chez lui au plus vite.

Qu'il fut pénible ce retour ! Une heure avait suffi pour faire d'un homme vigoureux, une loque humaine.

Les yeux seuls restaient vivants dans ce corps presque inerte. Ils saluèrent avec joie le fils bien-aimé qui était tombé à genoux devant le lit de son père qu'il couvrait de baisers brûlants.

Ces yeux semblaient lui donner la bénédiction que les lèvres ne pouvaient plus prononcer.

Les mains n'avaient plus la force de se poser sur la tête du fils, mais les lèvres se posèrent encore une fois sur le visage de celui qui avait été son bien le plus précieux sur la terre.

Et Charles, désespéré, resta agenouillé devant le lit de douleur de son père.

Il voyait bien qu'un miracle seul pourrait prolonger un peu cette vie qui s'en allait.

En quelques heures, tout fut fini et Charles Brun était seul sur la terre.

Rien ne pouvait le consoler de la perte irréparable qu'il venait de faire. Les cours de la faculté et les visites à l'hôpital mêmes n'avaient plus d'attrait pour lui et depuis la mort de son père, il n'avait pas encore pu se décider à reprendre ses études.

La présence même de sa fiancée ne parvenait pas à le consoler de sa douleur. Bien au contraire. Le grand calme dont celle-ci avait fait preuve, en cette circonstance, l'avait défavorablement impressionné.

Pour la première fois, il eût la sensation que ce beau corps n'était pas habité par une âme, mais néanmoins, il chassa cette idée de son esprit.

Sa confiance dans les belles qualités de Sophie était invincible.

Une nouvelle séparation lui parut impossible, d'autant plus qu'il se trouvait presque tout seul. Mais sa tante, une sœur de son père, qui avait dirigé le ménage depuis la mort de sa mère, déclara qu'il valait mieux que Sophie retournât au lycée pour quelque temps encore et que Charles essayât d'oublier son chagrin dans une nouvelle activité intellectuelle.

Charles y consentit.

La succession de son père n'était pas difficile à régler.

Il se trouvait à la tête d'une grosse fortune.

Son ardeur pour l'étude revint aussi grande que par le passé. Il avait l'ardent désir de se faire un nom dans la médecine. Mais il vécut encore plus retiré. Les rares lettres de sa fiancée venaient seules un peu le consoler et chasser ses douloureuses pensées.

Elles étaient comme des messagères de paix et d'amour et chaque fois qu'il en recevait une, il se promettait avec plus d'énergie d'arranger sa vie de façon à rendre la jeune fil'e . plus heureuse des femmes.

Devant tous ces souvenirs, un sourire amer plissa les lèvres du docteur Brun. Toutes ses illusions étaient mortes, tous s espoirs anéantis.

Il se rappela le jour où sa tante lui avait fait part de l'intrigue de sa fiancée avec un comte puissamment riche, intrigue qui avait failli faire scandale.

Il se rappela aussi que quelques jours plus tard, une nouvelle lettre qui l'avait presque tué, lui avait appris que sa fiancée s'était enfuie avec le comte qui l'avait épousé.

Le coup avait été rude. Charles n'avait plus de goût à rien, ses études lui paraissaient mornes et sans intérêt.

Finalement, il s'était jeté dans une vie de plaisir et était devenu un des jeunes gens les plus fous du quartier latin.

Bientôt, son nom fut prononcé avec une sorte de mésestime. Cela le laissa indifférent, car il ne tenait plus à rien depuis la trahison de celle qu'il avait placée si haut dans son cœur.

Et un jour, en revenant d'une folle équipée, il trouva dans le petit salon qui précédait sa chambre, sa tante qui l'attendait.

Elle ne proféra pas une parole de blâme, mais fondit en larmes quand elle vit son neveu.

Les larmes eurent sur lui plus d'action que n'en auraient pu avoir tous les discours.

Le lendemain, il eût un long entretien avec sa tante qu'il pria de continuer à diriger son ménage pendant tout le temps de ses études.

Sa tante y avait consenti. Elle lui avait rappelé en quelques brèves paroles bien senties, la promesse qu'il avait faite jadis à son père, de devenir un homme bon et utile à ses semblables.

Il avait été pris de honte d'être devenu un homme léger et sans direction à cause d'une femme indigne et il s'était promis de s'amender.

Il tint parole et termina brillamment ses études.

Il s'était établi aussitôt et s'était consacré particulièrement à soigner les pauvres.

Sa très grosse fortune lui avait permis d'être très charitable et de devenir la providence des malheureux.

Sa noble activité avait calmé son chagrin et avait rendu à son âme le repos qu'elle avait perdu.

Peu à peu, il était arrivé à se convaincre qu'il n'avait rien perdu en perdant l'amour de Sophie qui n'était qu'une créature coquette et égoïste qui n'aurait jamais été à même de le comprendre et de le rendre heureux.

Et maintenant, cette femme sans cœur voulait de nouveau faire irruption dans sa vie !

A cette pensée, il fut indigné et il se jura que, jamais plus, cette créature, malgré toutes ses séductions, ne jouerait de rôle dans sa destinée.

CHAPITRE VII

Doubles fiançailles

Dans la maison du manufacturier Lenoir, régnait une grande animation. Valérie, sa fille aînée se fiançait avec un jeune ingénieur.

Le bruit avait bien couru dans le public que ce mariage était un mariage de convenance et non un mariage d'inclination, d'autant plus que le jeune homme avait recherché la main de la sœur cadette de sa fiancée, Agnès. Mais ce bruit devait être faux puisque l'union la plus étroite régnait entre les divers membres de la famille Lenoir.

La société la plus choisie avait assisté à cette fête très brillante et fort bien organisée. L'élite de la colonie française y avait pris part.

Pourtant, au début, la fête fut assez froide et peu animée. On trouvait que la fiancée avait l'air un peu nonchalent et ennuyé et paraissait faire avec assez d'indifférence les honneurs de la maison, tâche qui lui incombait, car elle avait perdu sa mère depuis plusieurs années.

Valérie Lenoir était assez grande, mais n'avait rien d'attrayant. Elle paraissait même manquer de cette beauté du diable qui supplée parfois la beauté.

Elle avait d'épais cheveux noirs sur une tête un

peu étroite. Seuls, ses yeux gris dénotaient l'intelligence et l'énergie. L'énergie se lisait aussi sur son front élevé et bombé et dans sa forte mâchoire.

En somme, sans attirer, elle éveillait pourtant l'intérêt.

Le fiancé, au contraire, était un homme grand, élancé et fort beau.

Ses cheveux et sa barbe châtain faisaient ressortir sa belle tête où brillaient deux yeux très vifs. Son front, son nez et sa bouche avaient une forme irréprochable.

Ses belles lèvres, un peu fortes, prononçaient sans doute de tendres mots d'amour et de fidélité, car un sourire heureux se jouait pendant quelques minutes sur les lèvres de sa fiancée.

Mais les regards du jeune homme se dirigeaient constamment vers Agnès qui se promenait au bras de son frère.

Agnès était particulièrement belle et sa beauté était encore mise en valeur par sa toilette : une robe de tulle blanc brodé de boutons de roses.

Ses yeux bruns avaient une douceur infinie et un éclat inaccoutumé.

Un heureux sourire faisait apparaître dans sa mignonne petite bouche deux rangées de dents semblables à de véritables perles.

Son air de gaieté et d'insouciance ajoutait encore à sa grâce native, et il n'était pas étonnant que les yeux du jeune ingénieur se fixassent, admiratifs, sur cette superbe jeune fille.

Agnès Lenoir n'était pas seulement l'enfant préféré de sa famille, elle savait aussi gagner immédiatement la sympathie de tous ceux qui étaient en relations avec elle.

Tous les jeunes gens lui faisaient ce soir, une cour particulièrement assidue.

Son rire résonnait franc et clair et la figure même des vieux personnages, notables commerçants ou fonctionnaires, s'éclairait à la vue de cette belle et gracieuse jeune fille.

A un certain moment, Emile Lenoir, le fils aîné de la maison accompagné d'un jeune homme au teint bronzé et aux yeux de feu, s'approcha de sa jeune sœur.

— Je me permets de te présenter mon ami, M. Charles Beuvier, ma chère Agnès, dit-il amicalement. M. Beuvier désirait vivement faire ta connaissance.

La jeune fille salua aimablement, mais son regard ne fit qu'effleurer la figure intéressante du jeune homme; ses yeux semblaient chercher quelqu'un qui ne paraissait pas.

— N'as-tu pas vu M. Despierres ? demanda-t-elle tout à coup à son frère, sans remarquer le tressaillement de Beuvier ? Papa l'a cependant invité tout spécialement.

— Je ne peux pas souffrir ce pédant, Agnès, répondit durement Emile, et je suis bien aise de n'avoir pas à le saluer ce soir.

« Je voudrais seulement savoir ce qui vous attire, toi et papa, vers cet ennuyeux personnage.

— Incontestablement, son caractère franc et

loyal et son grand savoir répliqua Agnès et elle ajouta :

« Grâce à Dieu, papa connaît assez les hommes pour reconnaître la loyauté dans la conduite et le zèle dans le travail et pour les récompenser comme ils le méritent.

Pendant qu'elle avait prononcé ces paroles, elle avait regardé son frère d'un air de défi.

— Tu parais partager l'enthousiasme de papa pour cet insociable jeune homme, répliqua Emile, d'un ton ironique. Aussi pourrez-vous prochainement entonner un hymne de louange à son sujet, car il sera question, à l'Académie des Inscriptions et belles lettres, d'un de ses travaux. Pour ce soir, je suis très content qu'il ne m'ait pas infligé sa présence ici.

— Mais que doit penser de toi mon ami Charles?

« Les absents paraissent te faire oublier les présents.

« Peut-être ferais-tu mieux de te consacrer un peu plus à nos amis qui sont ici.

Ces derniers mots furent dits d'un ton froid. Agnès ne répliqua pas, mais elle jeta un regard chargé de méfiance sur Charles Beuvier qui n'avait pas perdu un mot de cette conversation.

— Je crains bien de vous avoir involontairement déplu Mademoiselle, dit celui-ci pour prendre une contenance.

— Vous faites erreur, Monsieur, répliqua Agnès indifférente et sans prendre autrement garde à lui.

— Comment alors m'expliquer votre regard où

je n'ai pu lire que de l'antipathie, Mademoiselle ?

— Tu te trompes, mon ami, dit en riant Emile Et comme preuve, ma sœur dansera avec toi le premier quadrille.

Agnès eut tout d'abord l'intention de refuser, mais elle n'en fit rien. Elle ne voulait pas offenser ce jeune homme, ni par contre offenser son frère.

S'étant inclinée en signe d'assentiment, elle prit place dans le quadrille avec M. Beuvier.

Après le quadrille, le jeune homme voulut commencer avec elle une longue conversation, mais elle ne lui répondit que par monosyllabes et saisit la première occasion pour le quitter et se retirer dans une embrasure de fenêtre.

Henri Despierres occupait depuis longtemps le poste de précepteur dans la maison de M. Lenoir.

L'importante manufacture devait être dirigée plus tard par Emile, le fils aîné, tandis que le plus jeune, Oscar, devait faire des études.

C'était ce qu'avait décidé M. Lenoir. Mais ses plans paraissaient devoir être déjoués par la paresse de son plus jeune fils qui était très en retard dans ses études, malgré toutes les répétitions qu'on lui avait fait donner.

C'est alors que M. Lenoir décida de prendre un précepteur à domicile.

Son choix fut excellent car le caractère ferme et décidé de Despierres ne fit pas seulement bonne impression sur tous les membres de la famille Lenoir mais eut la plus heureuse influence sur le jeune Oscar.

Despierres sut transformer le jeune homme gauche et paresseux en un étudiant travailleur et curieux d'apprendre, à la grande satisfaction de toute la famille Lenoir, dont tous les membres en dehors d'Emile, se sentaient attirés vers lui.

Valérie avait toujours été très aimable pour lui, et M Lenoir d'une affable cordialité.

M. Lenoir était entré jadis comme simple commis dans la maison dont il était maintenant le chef. Il avait su gagner par son travail et son intelligence la sympathie de tous et était devenu le gendre de son patron en épousant sa fille unique.

Le manufacturier millionnaire pensait souvent à ses origines et était resté un homme simple et bon qui savait rendre justice à chacun.

Sa femme était morte en lui laissant quatre enfants dont l'aîné, Emile, était l'orgueil personnifié et était aussi haï de tous que son père était aimé.

Valérie était calme et sérieuse. Elle avait dû remplir de très bonne heure les devoirs d'une maîtresse de maison ; elle était cependant très cultivée.

Agnès était la joie de la maison, la préférée de tous, même de son orgueilleux frère.

Le cœur de Despierres battait toujours plus fort quand il était près d'elle. Ses yeux cherchaient toujours ses traits très gracieux et la charmante jeune fille avait pris possession de son cœur sans qu'il s'en aperçût et sans qu'il l'eût voulu.

Où cette passion pouvait-elle le conduire ? Il n'y avait jamais réfléchi. Il aimait et cela lui suffisait. S'il était payé de retour et si la jeune fille était capable de l'aimer lui-même, il n'avait jamais jusqu'à ce jour, essayé de le savoir.

Il avait cependant décidé de chercher à connaître ses sentiments à son égard ce soir, et c'est dans ce dessein qu'il était venu à la fête des fiançailles de Valérie.

Ses yeux scrutèrent tous les coins de la salle de bal, mais il ne put pas apercevoir Agnès.

Tout à coup, comme mordu par une vipère, il recula. Charles Beuvier était devant lui, l'air moqueur.

Despierres se demanda comment Charles Beuvier était là. Savait-il que lui était dans la maison Lenoir et voulait-il essayer de reprendre sa néfaste influence ?

S'enfuir plutôt que de s'exposer à cela et s'enfuir immédiatement.

Henri ne put pas supporter le regard de cet homme détesté à qui il devait les heures les plus tristes de son existence. Aussi essaya-t-il de se perdre dans la foule mais inutilement, car Valérie l'avait déjà aperçu et s'était approchée de lui. Il ne lui était donc plus possible de s'en aller immédiatement.

Agnès, après être restée quelques instants dans son embrasure de fenêtre, s'était retirée dans la serre, auprès d'un oranger tout en fleurs. Dans son coin elle ne pouvait pas être vue.

La danse n'avait aucun attrait pour elle aujourd'hui ; elle était tombée dans une profonde rêverie. Elle était vraiment changée, et de ce changement elle ne se rendait pas compte elle-même.

Elle pensait à Henri Despierres. Ce jeune homme n'était de loin pas aussi gai ni aussi aimable que les autres jeunes gens avec qui elle était en relations, mais sa tranquille dignité lui avait imposé et l'avait attirée .

Elle réfléchissait à tout cela quand tout à coup elle tressaillit.

On venait de toucher sa main et un beau jeune homme s'inclinait devant elle.

— C'est vous, Louis, dit-elle d'un ton presque impatient à son futur beau-frère.

— Excusez-moi si je vous dérange. Je voulais vous dire quelques mots en particulier.

Elle le regarda, étonnée.

— Il me semble que ce n'est ni l'heure ni le lieu, répiqua-t-elle vivement. Valérie va remarquer votre absence.

— Peu importe l'heure et le lieu, j'ai à vous parler, Agnès, dit-il d'un ton presque suppliant.

Ses regards devinrent graves et sévères et elle dit :

— Le fiancé de ma sœur me demande un rendez-vous.

— Oui, le fiancé de votre sœur, répéta-t-il d'un ton amer. Vous savez bien que mon cœur vous appartient, que tous mes sentiments et toutes mes pensées sont pour vous, que je n'aime que vous de toutes les forces de mon âme. Pouvez-vous dans ces conditions comprendre ce que je peux éprouver pour Valérie ?

— Assez ! dit-elle d'un ton si autoritaire qu'il s'arrêta tout saisi, et il vit qu'il n'avait plus devant lui une enfant, mais une femme gravement offensée.

« Valérie vous aime, ajouta-t-elle sèchement, je ne veux pas l'oublier, sans cela je serais obligée de vous faire donner une réponse par un autre.

— Mais vous aussi, vous m'avez laissé croire à votre inclination Agnès. Pourquoi, ajouta-t-il, d'un ton enflammé, pourquoi m'avez-vous repoussé ?

— Parce que j'ai renoncé à un homme qui désirait ma main pour obtenir ma fortune, dit-elle avec fermeté. Au surplus, vous vous êtes trompé sur mes sentiments, Louis. Je ne vous ai jamais aimé.

— Agnès ! dit-il, furieux et menaçant.

— Abandonnez ce ton, dit-elle, un peu plus doucement.

« Je sais pour quels motifs vous avez demandé la main de Valérie. J'avertirais ce soir même ma sœur de votre conduite, si je ne craignais de donner un coup mortel à son cœur aimant et fidèle.

— Et comment connaissez-vous les raisons de ma conduite, interrogea-t-il rageusement ?

— Le désordre de vos affaires n'est un secret pour personne, répliqua-t-elle sérieusement. J'ai été jadis le témoin involontaire d'une conversation qui m'a fait connaître les causes de votre ruine.

« Ma personne aurait peut-être été pour vous

un agréable supplément à mon argent. Valérie, vous ne l'épousez que pour son argent. Vos paroles ne me laissent plus aucun doute à cet égard.

« Nous ne serons probablement jamais heureux nous deux, continua-t-elle plus doucement. Je veux épouser un homme qui ne m'apportera pas un passé de dissipation.

« Valérie ignore votre passé. Je veillerai à ce que son amour ne soit pas troublé et qu'elle ne perde pas ses illusions.

En disant ces mots, elle avait posé sa main sur celle du jeune homme et lui avait jeté un regard presque suppliant.

— Donnez à Valérie le bonheur que vous m'avez offert, et laissez le passé définitivement enterré. Je vous en prie, promettez-le moi.

— Je vous le promets et je tiendrai ma parole, dit-il profondément remué.

« Puisse la fortune toujours vous sourire, vous le méritez bien. Il sera vraiment à envier, l'homme qui liera sa destinée à la vôtre.

Après ces mots il se retira et alla rejoindre sa fiancée.

Agnès retourna elle aussi dans la salle de bal. Son regard glissa sur tous les assistants, quand tout à coup il devint gai et brillant, elle venait d'apercevoir Henri.

Il avait l'air indifférent et absorbé quand Agnès se trouva devant lui.

— Vous vous êtes bien fait attendre Monsieur Despierres, lui dit-elle, sur un ton de reproche. Je craignais déjà ne pas vous voir ce soir.

Le regard brillant qui accompagnait ces paroles réchauffa le cœur du jeune homme.

— Je n'ai pas dû vous manquer beaucoup, Mademoiselle Agnès, répliqua-t-il promptement.

— Je me suis considérablement ennuyée, dit-elle franchement. Je n'ai pas pu suivre une conversation.

« Ah ! comme les hommes sont parfois insipides !

— Vraiment ? répliqua-t-il, amusé. Vos invités peuvent vous être reconnaissants de votre flatteuse appréciation.

Elle rit gaiement et ajouta :

— Observez vous-même et formez-vous un jugement d'après ces observations.

En parlant ainsi elle indiqua du regard certaines personnes.

— Voyez-donc là-bas, cet homme qui n'apprécie que l'argent. Il naime rien autant que ses chiffres et paraît même encore compter ici.

« Celui qui est assis à côté de lui est fabricant de blindages d'acier. Je crois que son cœur est lui aussi blindé et ne peut plus prendre intérêt à rien.

« Et voyez-donc là-bas cet automate à qui son orgueil permet à peine de se mouvoir. Il est l'héritier de plusieurs millions et constitue un parti très recherché par nos jeunes filles.

Ces paroles ironiques étaient accompagnées d'un regard espiègle.

Henri sourit.

— Vous peignez tout en noir, Mademoiselle

Agnès, et ces brillants jeunes gens ne paraissent pas avoir l'air de vous plaire. Ils font cependant des conquêtes en tous temps. En temps de paix comme en temps de guerre.

— Pas auprès de moi, répliqua-t-elle énergiquement.

— Votre cœur est-il donc réfractaire à tant d'amabilités ? demanda-t-il d'un ton bref.

Agnès rougit.

— Ces messieurs, dit-elle d'un ton moqueur se livrent à la course des cœurs de jeunes filles qui, avec leur personne, apportent beaucoup d'argent.

« Celui qui voudra me conquérir, n'aura pour prix de sa course que mon cœur.

— Vous me paraissez juger vos contemporains un peu sévèrement. Mlle Agnès, dit-il surpris.

— Et pourquoi cela ? demanda-t-elle ironiquement ?

« Savez-vous, M. Despierres, que je suis de l'avis de celui qui dit :

« J'aime mieux rôtir en enfer que de vivre au paradis avec un tel peuple.

Surpris, il considéra le visage moqueur et souriant de la jeune fille.

— N'êtes-vous pas trop exig ante, Mademoiselle ? demanda-t-il avec vivacité.

— Assurément non. Vous ne savez pas combien j'aime peu le monde. La diplomatie qu'on est obligé de mettre dans chacune de ses phrases ; la nécessité où l'on se trouve de peser chaque mot, la tyrannie de l'étiquette me paraissent insupportables. Je ne deviendrai jamais une mondaine, mais bien plutôt une simple et modeste femme d'intérieur.

« Mais, Monsieur, vous n'avez toujours pas répondu à ma question. Pourquoi êtes-vous venu si tard à notre fête ?

— J'ai reçu de ma famille des lettres qui demandaient une réponse immédiate. C'est ce qui m'a retenu chez moi. Je cr is bien que je ne tarderai pas à retourner auprès d'elle.

A ces mots, la jeune fille devint toute pâle.

— Vous voulez partir, demanda-t-elle effrayée?

— Ma mère le désire, répondit-il, à voix basse. Cela vous fera-t-il quelque peine, Mademoiselle ? Penserez-voüs parfois à moi, quand je ne serai plus dans votre maison si hospitalière ?

En parlant ainsi, il avait pris les deux mains de la jeune fille et plongeait ses yeux dans les siens qui se remplirent de larmes.

— Mais pourquoi voulez-vous partir, demanda-t-elle avec chaleur ?

— Parce que la nécessité l'exige. Vous savez bien, Mademoiselle, que nous ne sommes jamais maîtres d'agir à notre guise, ajouta-t-il tristement.

— Je ne veux pas que vous nous quittiez, dit-elle bravement, à moins que vous ne consentiez à m'emmener, ajouta-t-elle d'une voix très basse.

Despierres était arrivé à ses fins. Agnès avait, sans réticence, avoué qu'elle l'aimait.

— Agnès, ma chère Agnès, dit-il, d'une voix chaude, ai-je bien entendu, et est-il vrai que l'amour que j'ai pour vous est partagé ?

« M'est-il permis de vous consacrer ma vie entière ?

— Oui, dit-elle avec feu, je serai heureuse de partager votre destinée .

— Pour l'éternité, ajouta-t-il tendrement. Je parlerai à votre père pour lui demander votre main.

« Je saurai vous créer un foyer digne de vous.

Elle sourit heureuse.

— Voilà des fiançailles doubles, dit-elle gaiement. Mais je crois, mon cher Henri, qu'il est temps de nous occuper un peu de nos invités. Nous sommes assez riches de bonheur pour partager.

Elle lui prit le bras et ils se mêlèrent à la foule.

Henri était heureux et croyait pouvoir se moquer du regard menaçant que lui avait jeté Charles Bouvier.

CHAPITRE VIII

La mère malade

Les plus brillants équipages montaient et descendaient les Champs-Elysées.

Parmi eux se trouvait celui de la comtesse de Rivebelle.

La comtesse était magnifiquement parée et elle était vraiment en beauté.

Tous ceux qui la voyaient passer l'admiraient, mais n'admiraient pas moins sa belle dame de compagnie.

Marie Despierres avait l'air d'une de ces jeunes fées dont parle la légende que la musique a rendue populaire.

La beauté de la comtesse de Rivebelle pouvait enthousiasmer, mais le charme de Marie était si pénétrant, qu'à distance même, il donnait du bonheur.

La belle robe que la jeune fille avait revêtue ce jour-là, était un présent de la comtesse.

Marie ne l'avait accepté qu'à contre-cœur, parce qu'elle voulait être aussi peu que possible l'obligée de Mme de Rivebelle.

Mais, parmi toutes ses toilettes, elle n'en avait pas trouvé une seule qui pût convenir pour la promenade de ce jour, et la comtesse avait absolument tenu à ce qu'elle l'accompagnât.

La comtesse regardait d'un air nonchalant et ennuyé la foule qui défilait.

— Que de gens qui ne font rien ! dit-elle, en s'adressant à Marie. On parle toujours de la misère du peuple, et le peuple ne manque jamais l'occasion de satisfaire sa curiosité et de se payer un doux farniente.

Marie ne répliqua pas. Elle souffrait visiblement de la sécheresse de cœur de la comtesse qui, depuis la visite du docteur Brun, était devenue insupportable.

— Nous allons rentrer, je suis lasse, dit tout à coup Mme de Rivebelle.

« Donnez-moi les rênes, ordonna-t-elle au cocher stupéfait.

Elle rentra au triple galop.

Aussitôt arrivée, elle s'écria, s'adressant à Marie :

— Veuillez me laisser, je désire être seule.

La jeune fille gagna sa chambre en soupirant.

— Quelle vie d'esclave ! murmura-t-elle, amèrement. Il ne m'est pas possible de m'y soustraire à cause de ma mère !

Deux lettres étaient placées sur sa table.

Elle en prit une qui était du rédacteur en chef du journal auquel elle avait demandé de publier sa nouvelle. Elle était ainsi conçue :

Mademoiselle,

J'ai le regret de vous annoncer que votre nou-

velle ne peut pas paraître dans mon journal.

Votre manuscrit reste à votre disposition.

Votre travail est bon et mérite des honoraires plus grands que ceux que je pourrais vous offrir. Adressez-vous à un dépositaire de journaux, c'est le meilleur conseil que je puisse vous donner.

Très respectueusement,

N. N.

Encore un espoir déçu. Marie n'avait pas le cœur à chercher un autre journal pour publier sa nouvelle. Elle pleura amèrement.

Elle avait surtout tenu à sa publication parce que le prix de son travail lui aurait permis d'acheter quelques gâteries pour sa mère.

Ce qu'elle gagnait suffisait à peine pour leur entretien à toutes deux.

Elle déchira vivement l'enveloppe de la seconde lettre ; son contenu était encore plus triste que celui de la première.

Elle était de sa mère et elle était ainsi conçue :

Ma chère enfant,

Comme il y a longtemps que je ne t'ai vue ! J'aimerais tant pouvoir t'embrasser !

Tes loisirs sont-ils donc si rares que tu ne puisses plus venir auprès de ta mère, ou ton cœur ne te pousse-t-il plus vers elle ?

Je suis depuis quelques jours très souffrante et je me sens bien seule.

Viens aussitôt que tu le pourras auprès de

Ta fidèle mère.

Marie s'habilla vivement pour sortir, après avoir écrit quelques mots sur une carte qu'elle fit aussitôt porter à la comtesse.

Quelques instants plus tard, sa carte lui fut rapportée avec ce mot en marge : Accordé.

Il pleuvait à torrents. Marie n'y prit pas garde. Elle appela un cocher pour se faire conduire au plus vite chez sa mère.

Arrivée devant la porte de l'appartement, elle écouta quelques instants et entendit la voix sonore d'un homme qui parlait à Mme Despierres.

Quand elle entra, elle se trouva en présence du docteur Brun.

Le regard de surprise du docteur, n'échappa pas à la jeune fille.

— Je crois avoir déjà eu le plaisir de rencontrer Mademoiselle, dit-il, à Mme Despierres, qui avait déjà fait les présentations.

— Ma fille est dame de compagnie chez la comtesse de Rivebelle et ne peut que rarement venir me voir, reprit Mme Despierres.

Et, s'adressant à Marie, elle ajouta avec une tendre sollicitude :

— Tu es bien pâle mon enfant. Moi aussi, comme tu vois, je ne suis pas très bien et j'ai dû faire appeler le docteur.

Elle fut interrompue par une quinte de toux sèche qui la secoua violemment.

Marie fut effrayée de l'air de fatigue de sa mère et prit aussitôt la résolution de s'arranger pour venir la soigner.

— Je vais demander à la comtesse un congé,

maman, dit-elle tendrement. Je ne veux pas que tu restes plus longtemps seule.

— Si c'est possible, j'en serai très heureuse, répliqua Mme Despierres.

— Sûrement, chère maman. D'ailleurs, je ne suis pas très satisfaite de ma situation et j'ai constamment regretté depuis mon départ, notre vie si unie et si pleine d'affection.

Le docteur Brun fut très ému des paroles qu'il venait d'entendre et il aurait très volontiers prolongé sa visite, s'il n'avait pas craint d'être indiscret.

— Je reviendrai demain, Madame, dit-il à Mme Despierres. Je vous prierai de vouloir bien suivre strictement mon ordonnance.

— Je serais très heureuse de vous voir rester encore un peu avec nous, docteur, dit Mme Despierres qui avait remarqué l'hésitation du médecin, si je ne craignais pas de faire du tort à vos malades.

— Je resterai très volontiers, répondit-il ; je n'ai pas en ce moment de malade qui réclame des soins immédiats.

— C'est que les loisirs d'un médecin sont si rares, reprit Mme Despierres. On n'hésite jamais à le déranger, quitte à lui témoigner ensuite de l'ingratitude.

Le docteur Brun resta longtemps encore. Marie avait préparé du thé.

Ce fut pour le docteur un spectacle délicieux de voir cette belle et gracieuse jeune fille, tout préparer et tout arranger et servir le thé avec un charme incomparable.

— De ma vie, je n'ai bu de meilleur thé, finit-il par déclarer après avoir vidé pour la troisième fois sa tasse.

Marie était une maîtresse de maison accomplie et savait conduire une conversation comme une femme du monde qui serait très intelligente et très instruite.

Le docteur Brun était positivement sous le charme et la jeune fille de son côté, se sentait très heureuse de la présence du docteur.

Après avoir parlé de toutes sortes de choses, Marie parla de sa situation auprès de la comtesse de Rivebelle.

— Cette femme est vraiment sans cœur, maman, dit-elle, très montée. Tu ne peux pas te l'imaginer. Je ne respirerai librement que le jour où j'aurai quitté cette maison. J'aimerais mieux m'imposer toutes les privations que de continuer à vivre dans cette atmosphère glaciale.

Le docteur Brun était devenu pâle et son front s'était rembruni.

— Son avarice est vraiment choquante, continua Marie. Et comme elle pourrait cependant être bienfaisante avec sa fortune ! Mais chez elle, tout mouvement charitable est banni. L'orgueil et l'avarice la dominent et étouffent en elle tout autre sentiment.

— Tu me parais bien sévère dans tes jugements, mon enfant, dit Mme Despierres avec indulgence.

— Non, maman, répliqua Marie gravement.

« Les relations journalières permettent de connaître les gens et j'ai bien étudié le caractère de Mme de Rivebelle.

— Très belle et pas de cœur, dit tout à coup tranquillement le docteur Brun.

Les deux femmes le regardèrent interdites.

— Je connais la comtesse. Je lui ai donné mes soins, comme vous le savez sans doute, Mademoiselle, dit-il, en se tournant vers Marie. Mais je la connais depuis de longues années et je ne puis que confirmer votre jugement.

« Le pays du knout conviendrait bien comme cadre à ses façons de faire.

— Elle doit bien savoir manier le knout, reprit Marie. Sa femme de chambre une jeune Russe, a tout récemment eu le malheur de briser un vase précieux. Elle est encore en ce moment malade des suites de la correction que lui a infligée l'irascible comtesse, ainsi que le chuchotent entre eux les domestiques.

— Il faudrait dévoiler cette brutalité. Elle mériterait une punition exemplaire, dit le médecin indigné.

Mme Despierres se pressa contre sa fille, et dit avec angoisse.

— Je ne te laisserai plus retourner dans cette maison.

— Oh ! avec moi, elle a toujours été très convenable, dit Marie tranquillement.

— Ces choses ne sont vraiment pas agréables, dit Mme Despierres, pour détourner la conversation. Tu feras bien mieux de nous jouer quelque chose, Marie. Le docteur doit sûrement aimer la musique.

— Je vous en serai bien reconnaissant, Mademoiselle, dit-il en se tournant vers la jeune fille.

Marie sourit aimablement. Elle était heureuse de pouvoir donner un plaisir à l'homme qu'elle mettait si haut dans son estime.

— Que désirez-vous que je joue, demanda-t-elle sans se faire prier ?

— Ce que vous voudrez, Mademoiselle, je me fie entièrement à votre goût.

Elle commença aussitôt. Le docteur Brun fut tout de suite émerveillé.

Assurément, il avait entendu jouer avec plus de feu et avec une science plus consommée, mais jamais avec autant d'âme.

Il lui semblait qu'il était transporté dans un monde de sentiments nobles et élevés et il ne trouva pas de mots assez vibrants pour exprimer à la jeune fille sa satisfaction, quand elle se leva du piano.

— C'est que ces mélodies populaires sont vraiment belles, répondit Marie modestement. Elles savent bien rendre les mille nuances de l'âme humaine et éveiller nos sentiments.

« Ce doit être une joie profonde pour un homme de procurer du plaisir à des milliers de créatures humaines, par son talent !

— Ceux qui le font en sont souvent mal récompensés, répondit le docteur ; et très souvent, ils sont méconnus et même calomniés. L'opinion publique est d'ailleurs capricieuse et la critique n'est pas touours désintéressée.

Comme Mme Despierres paraissait être assez fatiguée et somnolait, le docteur Brun vit qu'il était temps de prendre congé.

Marie, en le reconduisant, lui dit qu'elle était très inquiète de l'état de sa mère et lui demanda si réellement, elle était gravement atteinte.

Le docteur ne lui cacha pas que son système nerveux était malade et qu'il lui fallait de très grands soins et la traiter avec beaucoup de ménagement.

— Il n'y a cependant pas lieu de vous tourmenter, Mademoiselle, ajouta-t-il, en voyant que Marie avait pâli ; nous la remettrons facilement avec l'aide de Dieu.

Quand il eût quitté les dames Despierres, le docteur Brun fit mille réflexions.

Comme il s'était bien trouvé dans ce milieu paisible et familial !

C'est ainsi qu'il avait jadis imaginé son propre foyer, et la vie lui avait infligé la solitude

Cela valait cependant mieux, finit-il par conclure que s'il avait été enchaîné à une femme avide de plaisirs et sans cœur.

Il se surprit à prononcer tout haut le nom de Marie.

C'est une jeune fille d'un grand cœur et de nobles sentiments ! Elle lui paraissait posséder toutes les qualités qu'il espérait rencontrer jadis chez sa fiancée : une délicate sensibilité, l'amour du prochain et la foi dans le bien

Et pour la première fois, il conçut de nouveau des projets d'avenir.

Il alla tous les jours voir Mme Despierres dont l'état avait empiré et faisait craindre une issue fatale

Marie se sentait bien seule, mais elle ne voulait pas inquiéter son frère, ni surtout lui faire perdre sa situation où il paraissait se trouver si bien.

Elle avait d'ailleurs cette délicatesse du cœur qui veut épargner aux autres les soucis et les tourments.

La comtesse de Rivebelle l'avait laissée partir à regret. Pour avoir raison de son insistance à la retenir, Marie dut lui promettre de revenir chez elle dès que sa mère irait mieux.

La comtesse s'était particulièrement informée du nom du médecin qui soignait Mme Despierres.

Quand Marie le lui eut fait connaître, elle eut un regard singulier et dit :

— Ma chère enfant, si jamais vous vous tr"uvez embarrassée, adressez-vous à moi, je suis toute disposée à vous donner mon appui, lui témoignant ainsi un intérêt assez surprenant.

Marie était retournée chez elle depuis quelques semaines déjà. Ses soucis n'avaient fait que grandir.

L'état de sa mère exigeait les soins les plus assidus et elle n'avait pas l'argent nécessaire pour acheter la nourriture fortifiante et les médicaments presrits.

Il est vrai que le docteur Brun lui avait offert son aide, avec beaucoup de délicatesse, mais elle l'avait déclinée.

Il lui paraissait peu convenable de mettre davantage à contribution, l'homme si bon qui soignait sa mère avec tant de dévouement et de désintéressement.

Le docteur Brun en fut très froissé et les relations entre lui et Marie devinrent moins cordiales, surtout parce qu'à plusieurs reprises, il avait rencontré la comtesse de Rivebelle chez Mme Despierres, et qu'il avait pu constater qu'après chacune de ses visites, Marie disposait de nouvelles ressources.

Il n'avait pas échappé à son œil pénétrant qu'elle avait une plus grande confiance en la comtesse qu'en lui-même et cette constatation remplit son cœur d'amertume.

Aussi, à partir de ce moment, se renferma-t-il dans ses fonctions de médecin sans plus jamais entamer la moindre conversation

S'il avait su à quel mobile la jeune fille obéissait il l'aurait peut être jugée moins sévèrement.

Marie avait été très surprise, quand elle avait vu un jour, la comtesse arriver inopinément chez elle.

Celle-ci s'était rapidement rendu compte de la situation de la famille Despierres à qui elle imposa pour ainsi dire son aide, pour faire de la jeune fille son obligée

Marie avait cherché à deviner les mobiles qui faisaient agir Mme de Rivebelle qu'elle savait dépourvue de toute bonté.

Elle avait tout d'abord voulu refuser ses bienfaits, mais la comtesse avait beaucoup insisté en lui démontrant que ce serait un crime de ne pas accepter pour soulager sa mère malade.

La jeune fille s'y était alors décidée en se disant que plus tard, elle rembourserait la comtesse.

Elle voyait maintenant qu'elle avait eu tort de refuser l'aide du docteur Brun.

Elle se promit de lui expliquer sa conduite, mais quand elle vit sa figure sombre et fermée, elle n'en eut pas le courage.

Un jour qu'elle avait parlé à sa mère de cette attitude étrange du docteur, Mme Despierres, dont l'état s'était beaucoup amélioré, lui dit en souriant tendrement :

— Sois aujourd'hui très aimable avec le docteur et les choses s'arrangeront toutes seules.

Comme la jeune fille avait montré quelque incrédulité en pressant sa charmante tête contre la joue de sa mère, Mme Despierres avait ajouté :

— Je crains vraiment, ma chérie, que tu ne tombes malade. Je provoquerai moi-même une explication avec le docteur.

— Oh ! non ! je t'en supplie, mère, n'en fais rien, répondit Marie effrayée. Laissons cela et parlons de ta santé.

— Sais-tu que la comtesse de Rivebelle m'offre de m'avancer la somme nécessaire pour que tu puisses faire un séjour en Suisse pour te rétablir complètement.

— Mais, ma chère enfant, nous devons déjà beaucoup d'argent à la comtesse.

— Ne t'inquiète de rien, maman, nous rembourserons plus tard.

« Veux-tu demander au docteur si tu es en état d'entreprendre le voyage ?

— Assurément, si tu le désires mon enfant.

Peu d'instants après cette conversation entre la mère et la fille, le docteur Brun arriva.

— Je suis heureux de vous trouver si bien, Madame, déclara-t-il joyeusement. Vous faites de rapides progrès. Un séjour en Suisse vous remettra complètement.

— Si vous me l'ordonnez, je partirai immédiatement, répondit en souriant Mme Despierres.

— Vraiment ? vraiment ? Vous me paraissez, Madame, bien impatiente de vous mettre en route.

Il causa quelques instants avec la même cordialité que jadis.

Quand Marie le reconduisit, il lui prit vivement la main et dit avec beaucoup de chaleur :

— Mademoiselle, vous m'avez récemment grandement peiné, mais l'occasion de tout arranger s'offre à nous aujourd'hui. Voulez-vous la saisir ?

— Avec joie, docteur.

— Votre mère se remet rapidement, continua-t-il.

« Je l'ai persuadée de faire un séjour en Suisse. Voulez-vous accepter de moi l'argent nécessaire au voyage et à ce séjour ?

— La comtesse de Rivebelle a déjà mis l'argent nécessaire à ma disposition, répondit-elle en pâlissant, sans cela, j'accepterais de grand cœur votre offre généreuse.

— Cette femme, et toujours cette femme, répliqua le docteur avec amertume.

« Voulez-vous me permettre, Mademoiselle, de vous rappeler que vous m'avez dépeinte naguère la comtesse de Rivebelle comme une femme orgueilleuse et sans cœur et que vos façons de faire actuelles, contrastent étrangement avec vos paroles de jadis ?

« Pour quelles raisons la comtesse de Rivebelle, joue-t-elle vis-à-vis de vous, la femme généreuse ?

Marie saisie, se tut.

— Je n'ai pas le droit de m'opposer à ce que vous voulez faire, ajouta-t-il d'un ton cassant. Je me garderai à l'avenir de m'exposer à un nouveau refus.

« Vous pourrez partir quand vous voudrez, l'état de votre mère le permet.

— Docteur ! dit Marie suppliante.

— Je vous en prie, Mademoiselle, vous ne me devez aucune explication, et en disant ces mots, il s'inclina profondément et s'en alla.

« Cela aussi était une illusion, murmura-t-il douloureusement. Je ne me laisserai pas éblouir une troisième fois.

« L'une est belle, l'autre paraît de plus bonne et toutes les deux sont sans cœur. Et pourtant, reprit-il, par un retour d'équité, je ne puis pas classer Marie dans la même catégorie que la comtesse de Rivebelle. Non, mille fois non !

L'image de la jeune fille était trop profondément gravée dans son cœur pour qu'il pût entièrement la méconnaître.

Il avait vu combien elle était affectueuse pour sa mère, dévouée à son frère et il se dit que celui à qui elle ouvrirait son cœur serait vraiment un époux heureux.

Le docteur Brun aimait Marie Despierres de toute la force de son âme et à cet amour s'ajoutait l'élément qui l'ennoblit et le fait durer, une estime sans bornes.

CHAPITRE IX

Machinations

Quelques jours après les fiançailles de Valérie, l'accord entre les membres de la famille Lenoir parut assez menacé.

L'agitation parmi les ouvriers de la manufactur avait donné lieu à de graves préoccupations.

— Le syndicat mettra ma manufacture à l'index dit d'un air sombre M. Lenoir à son fils pendant le déjeûner, si je n'accorde pas à mes ouvriers l'augmentation de salaire qu'ils me demandent.

— Mais tu ne le peux pas en ce moment, père, répliqua le fils d'un ton résolu.

« Tes concessions rendent nos ouvriers toujours plus exigeants.

— Je ne puis vraiment pas supporter, reprit avec irritation M. Lenoir, que tu traites mes ouvriers avec tant de mépris. Et il appuya sur le mot : *mes ouvriers.*

« Ils gagnent leur pain quotidien à la sueur de leur front, tandis que toi tu dissipes des sommes considérables, gagnées sans effort.

— Mais tu parles absolument comme les gens du syndicat, papa, répliqua Emile avec un flegme ironique.

« Ne voudrais-tu pas, pour marquer que leurs exigences sont justifiées, leur offrir une fête ?

— Cesse ce persiflage, Emile, reprit M. Lenoir très monté. Ce n'est que depuis que tu es entré dans l'affaire que les ouvriers sont devenus si impatients et si exigeants. Je ne puis pas trop leur en vouloir. Ils font des comparaisons entre tes dépenses et leurs ressources.

« Tes *nobles* passions coûtent plus d'argent en une heure, que n'en peut gagner en une année un ouvrier, père de famille.

« Jadis, c'était différent, continua avec fermeté M. Lenoir. Mon train de maison leur inspirait moins d'envie et je les traitais comme il le fallait, cherchant toujours à faire vivre en paix l'employeur et l'employé.

« Là où il n'y a pas d'entente, la prospérité est impossible .

— Tu aurais dû agir plus énergiquement et étouffer cette rébellion dans son germe, papa, répliqua Emile avec vivacité.

« D'autres manufacturiers ne paient de loin pas d'aussi gros salaires que nous ; et quant à la manière de traiter les ouvriers, elle laisse partout beaucoup à désirer.

— Tais-toi, répondit M. Lenoir, en jetant un regard sombre sur son fils.

« As-tu l'intention de me pousser à des mesures qui rendront un conflit inévitable et amèneront une grève ?

« Qu'y gagnerai-je ?

« Mes commandes ne seront pas livrées à temps et il y aura une interruption dans mes affaires. N'en serait-il pas ainsi, *mon sage et prudent fils ?*

« J'ai commis une erreur quand je t'ai désigné pour mon successeur, continua M. Lenoir, sans prendre garde au regard de colère de son fils. Mon affaire si solide et si avantageusement connue, courra à sa perte le jour où tu en deviendras le directeur.

— Je te ferai remarquer, papa, que nous ne sommes pas seuls.

Et en disant ces mots, Emile Lenoir se leva vivement de table en jetant un regard de haine sur le précepteur qui avait assisté à cette conversation avec un embarras et un malaise croissants.

— J'aimerais te voir ressembler à M. Despierres et j'aimerais avoir un fils comme lui. Alors, je pourrais envisager l'avenir avec plus de sérénité, répliqua gravement M. Lenoir.

Agnès heureuse sourit. Elle était contente de voir qu'on lui fournissait le moyen de parler du sujet qui lui tenait tant à cœur.

— Ne ferons-nous pas une petite excursion cet

après-midi, Emile ? dit-elle en se tournant vers son frère ?

— Je voudrais bien essayer nos poneys et voir si la salle de bains de notre villa est achevée.

Henri Despierres tressaillit légèrement.

Comme elle disait cela tranquillement ! Qu'avait-il à offrir, lui, à cette enfant gâtée de la fortune ?

— N'en fais rien aujourd'hui, ma chère Agnès, répondit M. Lenoir. Je désire avant tout m'entendre avec mes ouvriers. Votre excursion d'aujourd'hui pourrait être prise pour une provocation.

— Mais papa, répondit Agnès toute surprise, les ouvriers ont toujours été très convenables et très aimables à notre égard. Qu'est-ce qui a pu les faire changer ?

— Quelques politiciens qui veulent améliorer le monde les ont excités et ils veulent tous avoir chaque jour, la poule au pot, ricana Emile.

« Je parierais que si papa en congédiait quelques douzaines, toute cette agitation tomberait. Les autres deviendraient raisonnables, surtout si la faim les talonnait.

« Quelques jours de chômage auront d'ailleurs raison de ces hommes ; la faim agira puissamment, car ces gens-là vivent au jour le jour.

— Est-ce vrai, papa ! demanda Agnès presque sans souffle ? Et elle resta suspendue aux lèvres de son père.

— Oui, c'est vrai, Agnès. Ces pauvres gens vivent au jour le jour, et c'est pour cela que je suis toujours conciliant et que je paie des salaires plus élevés que mes confrères.

« J'ai donc l'intention d'améliorer leur situation à partir de ce jour, car mon fils, dans son infinie sagesse, m'a dessillé les yeux. Il ne faut plus que ces pauvres gens soient acculés au désespoir quand la maladie ou quelque autre malheur vient les surprendre.

« En réalité, nous sommes tous des égoïstes quand il s'agit de nos intérêts, ajouta M. Lenoir, comme pour se disculper lui-même.

Agnès était devenue toute pensive. Son regard clair et gai était devenu sombre.

— Nous avons des vêtements de soie et de velours et nous nous couvrons de bijoux, dit-elle gravement, pendant que ces pauvres gens manquent de pain. Nous nageons dans le superflu pendant qu'ils triment et manquent du nécessaire. C'est une grande injustice, papa, et tu aurais bien dû employer l'argent qui a servi à l'achat de mes poneys à améliorer le sort de tes pauvres ouvriers. On aurait aussi bien dû attendre avant de songer aux embellissements de notre villa.

— Ma petite Agnès, tu vas un peu trop loin, répliqua M. Lenoir légèrement impatienté.

« A toutes les entreprises, l'argent est nécessaire.

« L'argent est un puissant levier pour toutes les affaires. Là où il manque, toute réussite est impossible.

« Si l'on veut réussir, il faut que le capital et le travail s'entendent, car nous aussi nous avons s graves soucis et la ruine nous guette assez souvent.

« Mais puisque tu as pris parti avec tant de décision pour les ouvriers, je tiens à ce que tu sois aujourd'hui, la bonne messagère et que tu leur annonces l'augmentation de leur salaire. Après cela, tu pourras faire ton excursion avec Emile. Peut-être M. Despierres consentira-t-il à vous accompagner.

Henri fit un signe de joyeux assentiment et dit :

— Je désirerais avoir un entretien avec vous, M. Lenoir, si toutefois vous pouvez m'accorder quelques instants.

— Très volontiers, M. Despierres.

— A propos, papa, dit Emile, moi aussi, j'aurai à te parler dans le courant de la matinée.

« L'affaire n'est pas sans intérêt pour toi et te guérira peut-être complètement de la prédilection que tu accordes à quelqu'un de ma connaissance.

M. Lenoir tout surpris, regarda son fils.

— Nous causerons un peu plus tard, Emile.

— Voulez-vous venir avec moi, M. Despierres ? Et il emmena Henri dans son cabinet de travail, où au-dessus d'un magnifique bureau se trouvait le portrait d'Agnès.

Sa superbe image un peu mutine, paraissait particulièrement belle et ses yeux clairs semblaient vivants.

— C'est ma préférée, dit M. Lenoir en voyant avec quelle admiration Henri regardait ce portrait. Elle est pleine d'ardeur juvénile et son cœur est placé au bon endroit.

— J'ai justement l'intention de vous demander votre préférée, Monsieur, pour en faire mon plus précieux joyau.

M. Lenoir fort surpris, recula un peu.

— Vous demandez la main de mon Agnès, dit-il un peu incrédule ? Mais c'est encore une enfant.

— Je l'aime et j'ai l'heureuse certitude que mon amour est partagé, répliqua Henri ému.

— Je comprends très bien que votre Agnès vous aime, répliqua M. Lenoir en soupirant. Mais moi, je deviens triste et chagrin en pensant combien ma maison sera déserte le jour où mon enfant n'y sera plus.

« Vous avez sans doute l'intention d'emmener votre femme en France ?

— Oui, quand j'aurai terminé mes travaux, je retournerai à Paris, répliqua Henri.

— Si Agnès vous aime, je ne m'opposerai pas à ce projet de mariage. Votre caractère est pour moi le meilleur gage du bonheur de mon enfant, et je suis sûr que vous ne la recherchez que pour elle-même.

« Nous reparlerons d'ailleurs de tout cela quand j'aurai causé avec ma fille. Je vous ferai connaître ma réponse par écrit.

Les deux hommes se serrèrent cordialement la main sans se douter que pendant longtemps, ils n'auraient plus l'occasion de se revoir.

Quelques minutes plus tard, Emile entra dans le bureau de son père.

— Despierres t'a-t-il déjà parlé, demanda-t-il sans autre préambule ? Que désirait-il ?

— Il m'a demandé la main d'Agnès, que je lui ai accordée, répondit tranquillement M. Lenoir.

— L'audacieux coquin ! tonna Emile.

M. Lenoir devint rouge de colère et dit :

— Je te défends de parler dans ces termes de ton futur beau-frère.

— Cet homme sans honneur ne le deviendra jamais !

« Je t'apporte la preuve, papa, qu'il a passé des nuits entières devant le tapis vert où il a dissipé au jeu la fortune des siens qui vivent maintenant de la façon la plus précaire.

« Charles Beuvier, que tu m'as si sévèrement défendu de fréquenter, était jadis son ami inséparable. Il m'a d'ailleurs renseigné aussi sur sa famille.

M. Lenoir était devenu tout pâle.

— Et tes preuves ? demanda-t-il assez bas.

— Prends tes informations et adresse-toi au prêteur O. Tu seras suffisamment renseigné.

« Il en était réduit à la dernière extrémité quand, au dernier moment, il a pu faire face à ses engagements et a trouvé une situation chez nous.

— Cela suffit, interrompit M. Lenoir. Je vais prendre des renseignements. Agnès n'est pas encore mariée.

« Toutefois, tu n'as aucun droit de reprocher son passé à cet homme. Car je crois qu'une haine personnelle te guide. Je vais m'employer à démêler tout cela et j'agirai en conséquence.

« Laisse-moi, maintenant.

Emile s'éclipsa rapidement.

Au déjeuner, M. Lenoir ne parut pas.

Papa est sorti, avait dit Valérie.

Après le déjeuner, Agnès fit atteler ses poneys et emmena Emile et Despierres.

Elle conduisait elle-même et l'on fit la promenade projetée.

Le ciel bleu et sans nuages, semblait refléter les sentiments de l'heureuse jeune fille.

Despierres était aux anges : il avait informé Agnès de la conversation qu'il venait d'avoir avec son père.

Emile était heureux d'avoir enfin trouvé l'occasion de se débarrasser de l'homme détesté qu'on lui citait toujours comme un modèle.

Ce fut en conversant galement que les trois jeunes gens arrivèrent à G.. où ils ne trouvèrent que des figures renfrognées et convulsées par la haine et où des mots blessants furent assez fréquemment prononcés devant eux.

Agnès en fut toute surprise et Emile n'était pas sans appréhension.

Les ouvriers qui, jusqu'à ce jour, avaient été très respectueux, paraissaient être entièrement changés et animés d'un tout autre esprit que jadis.

— Allons immédiatement à la fabrique annoncer aux ouvriers l'augmentation de salaire consentie, dit Agnès craintive. Je ne peux pas prendre de plaisir, aussi longtemps que je saurai ces gens surexcités.

— Nous avons le temps, Agnès, dit Emile effrayé. Ces gens sont trop montés et il serait imprudent de paraître au milieu d'eux.

— Je vais me rendre incontinent à la fabrique, répliqua Agnès décidée, et tu m'accompagneras.

« Vous viendrez sans doute aussi avec nous, M. Despierres, ajouta-t-elle en se tournant vers Henri.

Ils se dirigèrent vers la fabrique où un étrange spectacle les attendait.

Les machines étaient arrêtées, les ouvriers ayant cessé le travail depuis midi. Le personnel même des bureaux n'était pas à son poste.

Sans savoir à quoi se résoudre, ils retournèrent à la villa.

Agnès se sentait mal à l'aise au milieu de ce luxe qui lui paraissait être une provocation vis-à-vis des malheureux ouvriers.

Elle fut toute triste en pensant qu'un seul des tableaux qui étaient accrochés aux murs du grand salon de la villa, avait coûté plus d'argent qu'il n'en faudrait pour faire vivre pendant toute une année, une famille d'ouvriers.

— Je désire rendre immédiatement compte à mon père de l'insuccès de ma mission, dit-elle à ses compagnons. Peut-être réussira-t-il, lui, à arranger les choses et à ramener le calme.

— Nous ne partirons pas d'ici avant la nuit, dit Emile peureux. Ces gens surexcités sont prompts à tous les excès et malheur alors à celui qui leur tombe entre les mains !

— Tu n'es pas étranger à cette situation, répliqua Agnès irritée, en jetant un regard de mépris sur son frère.

« Tu nous as laissés dans l'ignorance de tout ce qui se passait et tu peux te vanter de ce résultat dont tu es entièrement responsable.

Despierres essaya de la calmer, mais ses paroles conciliantes n'eurent aucun succès.

Ce ne fut qu'à la nuit close qu'on reprit le chemin du retour. Mais l'élégant équipage avait déjà provoqué dans l'après-midi, la colère des ouvriers. Aussi, fut-il immédiatement suivi d'une foule hurlante.

« Jetons le bourreau hors de la voiture, entendait-on crier de toutes parts. »

Agnès effrayée, se pressa contre Despierres qui avait vivement saisi les guides.

— Faites place, canailles ! s'écria Emile hors de lui.

Des rires ironiques et insultants lui répondirent.

— Je vous en conjure, M. Lenoir, ne provoquez pas davantage ces hommes si surexcités, lui dit Despierres à voix basse. Le calme et le sang-froid seuls peuvent nous tirer de cette dangereuse situation.

Agnès avait retrouvé son courage.

— Mon père m'a chargée de vous dire que l'augmentation de salaire a été accordée, dit-elle à haute voix.

Mais ces paroles furent sans effet. De nouveaux rires insultants se firent entendre.

— On trouve tout simple que des chevaux coûtent des milliers de francs d'entretien ; mais quand nous avons faim, personne n'en a cure, s'écria de nouveau la voix menaçante qui s'était déjà fait entendre.

« Attends, mon petit Monsieur ! Nous allons te donner des nouvelles de la canaille. Depuis que tu as à dire quelque chose à la fabrique, le malheur s'est abattu sur nous.

Un homme de taille herculéenne se pressa contre la voiture. Sa main cherchait à saisir Emilie qui avait perdu toute contenance.

Agnès, dans sa terreur, cria. Seul Desplerres garda tout son calme : il avait vu qu'il fallait se tirer de ce mauvais pas par une ruse.

— Que signifie une telle agitation, Messieurs ? s'écria-t-il d'une voix puissante et sur un ton de commandement ?

— Je suis devenu aujourd'hui même propriétaire de la fabrique et à ma première visite, on me régale d'un étrange spectacle.

— Un nouveau propriétaire ! s'écria-t-on de toutes parts. Et la surprise rendit muets les plus enragés.

— J'examinerai vos réclamations et autant qu'il sera en mon pouvoir, j'y ferai droit, continua Desplerres d'une voix retentissante. Il dépend [illegible] uniquement de vous de rétablir l'ordre et [illegible] bonne entente entre nous.

Sa voix tranquille et sonore ne manqua [illegible]

effet et son intervention décidée et virile inspira le respect.

La foule recula. Seul l'orateur de tout à l'heure continua à s'écrier :

— Nous n'allons pas laisser échapper l'occasion de donner un souvenir de notre rencontre à notre bourreau pour lui faire passer désormais l'envie de maltraiter les ouvriers.

Et sa main puissante essaya à nouveau de saisir Emile tout tremblant.

— Que personne ne touche cet homme ! s'écria Henri irrité ou je vous rends tous responsables de cet attentat.

« Et en disant ces mots, il sauta vivement de la voiture, après avoir remis les guides à Agnès tremblante d'émotion.

— Partez, partez au plus vite, lui avait-il murmuré, je saurai bien m'arranger avec ces gens.

Les poneys, comme s'ils avaient eu conscience du danger que couraient les gens qui se trouvaient dans la voiture, partirent au triple galop et eurent, en quelques instants, quitté cet endroit dangereux.

— Rends grâce au calme et au sang-froid de M. Despierres, dit Agnès à son frère encore étourdi, d'avoir échappé à un tel danger et modifie tes manières insolentes et arrogantes qui n'imposent même pas à nos ouvriers.

« Une autre fois, tu pourrais te tirer d'affaire à moins bon compte.

« Tu as encouru une grande responsabilité. Essaie de réparer et tiens compte de cet avertissement.

Emile ne répliqua pas. Ce ne fut qu'à leur arrivée qu'il dit vivement :

— Agnès, j'informerai moi-même papa de tous ces incidents. Je sais la reconnaissance que je dois à M. Despierres et j'ai beaucoup à réparer à son sujet.

« Papa est-il à la maison ? demanda-t-il à Valérie qui les avait reçus avec son calme ordinaire ?

— Non, papa est sorti ; il se trouve même dans un état où je ne l'ai jamais vu. Mais que vous est-il donc arrivé, demanda-t-elle effrayée quand elle vit Agnès se jeter dans ses bras et fondre en larmes ?

« Mais, réponds-moi donc, Emile, dit-elle, à son frère qui se tenait devant elle tout saisi.

— Quand Agnès sera devenue plus calme, elle te renseignera elle-même, dit-il, sombre. Ce ne sont pas des choses particulièrement édifiantes, mais je tiendrai la main pour qu'à l'avenir, de telles scènes nous soient épargnées.

Ce ne fut que tard dans la soirée que Despierres revint à Leipzig. Il avait longtemps encore conversé avec les ouvriers et ses discours n'étaient pas restés sans influence.

Les ouvriers, faciles à mener, s'étaient sentis subjugés par son esprit de décision et son sangfroid et il était tout heureux d'avoir pu rendre un si signalé service à la jeune fille qu'il aimait par-dessus tout, aussi, l'avenir lui apparaissait-il plein de promesses.

Il allait tout heureux, pénétrer dans la salle à manger quand il se rappela que M. Lenoir lui avait promis une réponse écrite.

Il rebroussa vivement chemin pour aller dans sa chambre où il trouva en effet une lettre dont la suscription était de la main de M. Lenoir.

Il déchira aussitôt l'enveloppe d'où tomba un billet de banque.

Surpris, il parcourut la lettre

Si quelqu'un lui avait posé un pistolet chargé sur le front, il n'aurait pas reculé plus épouvanté que devant les quelques mots posés que contenaient cette lettre et qui venaient anéantir toutes ses espérances.

N'était-il pas le jouet d'une illusion ?

Ses yeux relurent encore une fois machinalement la lettre.

Non, il n'y avait pas à se tromper. Les mots qui lui brisaient le cœur étaient bien ceux qu'il avait lus.

Monsieur,

Votre séjour dans ma maison doit prendre fin aujourd'hui même.

Pourtant, je ne peux pas m'empêcher de vous faire remarquer que vous avez joué magistralement votre rôle et que vous êtes un parfait comédien. Mais vous ferez bien à l'avenir, d'employer vos talents là où ils risqueront d'être mieux reconnus.

Vous avez su conquérir le cœur de ma fille préférée ; mais quelle que soit son inclination pour vous, jamais je ne vous la donnerai en mariage.

Un homme qui a perdu à la table de jeu la petite fortune des siens, n'est pas digne de se charger de l'avenir de mon enfant.

Je suis loin cependant de manquer d'indulgence pour les péchés de jeunesse, car moi aussi, j'ai été jeune. Mais vous avez atteint l'âge où les folies de jeunesse ne sont plus de mise.

J'aimerais bien que vous ne cherchiez plus à revoir ma fille et je vous délie des obligations que vous impose votre contrat.

Dans l'attente que vous vous rendrez à mon désir, je signe.

L. Lenoir.

Tout étourdi, Henri regarda encore une fois cette lettre.

Une haine féroce s'empara de lui.

C'est Charles Beuvier qui est l'auteur de ce coup, se dit-il. Il le sentait. Mais pouvait-il lui en demander raison ? Pouvait-il démentir ces renseignements ?

Non, en vérité, il se sentait impuissant, car il n'était pas absolument innocent. Les reproches contenus dans la lettre n'étaient pas sans fondement.

M. Lenoir pouvait se référer à des faits et le misérable, l'homme indigne qui l'avait entraîné, qui avait une fois déjà, failli le perdre, venait pour la seconde fois le conduire au bord du précipice.

L'idée de passer aux yeux d'Agnès pour un malhonnête homme qui avait spéculé sur sa fortune, lui fut intolérable et le mit au désespoir.

Ce fut avec un profond chagrin et dans une agitation indescriptible qu'il mit en ordre ses affaires et se prépara à partir.

Devait-il réellement partir sans prendre congé de la jeune fille ?

Il lui semblait que son cœur allait éclater.

Tout à coup, l'idée lui vint qu'il pouvait répondre par écrit à M. Lenoir et voici la lettre qu'il lui écrivit.

Honoré Monsieur,

Il n'est malheureusement pas en mon pouvoir d'écarter tous vos reproches.

Oui, j'ai commis des erreurs ; et si elles ont eu lieu assez tard, vous y pouvez voir la preuve que ma jeunesse n'a prêté à aucune critique et que ces erreurs ont été de courte durée. Elles m'ont d'ailleurs fait vivre les heures les plus tristes et les plus malheureuses de ma vie et je les considère comme une expiation.

Je ne vous offre pas de me justifier, d'autant plus que vous n'avez mis aucun ménagement dans votre arrêt.

Mon passé m'appartient, et grâce à Dieu, je n'ai rien à en effacer, sinon les courtes heures dont je viens de parler.

Sans aucun doute, elles donnent de moi une

opinion défavorable ; mais combien votre impression eût été autre si vous aviez pris des renseignements sur mon compte à des sources impartiales.

Je veux croire qu'alors, vous ne m'auriez pas écrit la lettre que vous m'avez écrite.

Je pars sans chercher à revoir aucun des vôtres ; et quoique j'aime et aimerai toujours profondément Mlle Agnès, je renonce momentanément à sa main.

Je me plais à croire, Monsieur, que vous reviendrez un jour sur votre jugement en ce qui me concerne, alors, j'attendrai de vos nouvelles.

Très respectueusement,

Henri Despierres.

Après avoir écrit cette lettre, le jeune homme retrouva son calme ; il ne pensait plus qu'à partir, car il sentait bien que c'était loin de là, et par le travail, qu'il trouverait un peu de tranquillité.

Il partit dans la nuit même.

CHAPITRE X

Un amoureux chevaleresque

Mme Despierres et sa fille étaient depuis quelque temps déjà à Glion où le bon air avait eu l'heureux effet attendu.

La bonne dame avait même fait avec sa fille, quelques excursions dont elle s'était fort bien trouvée.

Dans leurs excursions, les deux dames avaient rencontré un vieux Monsieur, avec qui elles avaient fait connaissance et qui leur avait donné des renseignements sur le pays.

Mme Despierres avait bientôt découvert que ces rencontres n'étaient pas toujours fortuites, mais que M. le conseiller Rollard témoignait un vif intérêt à Marie et que c'était ce qui l'amenait sur leur route.

Marie aussi se sentait attirée vers cet homme si cultivé, mais elle ne prit pas autrement garde à ses attentions et n'y attachait aucune importance.

Une franche amitié était résultée de ces rencontres et les dames Despierres et M. Rollard se traitaient comme de vieilles connaissances. Aussi le temps s'écoulait-il rapidement.

Le jour où ces dames devaient partir, M. Rollard fit demander un entretien à Madame Despierres.

Celle-ci en fut très surprise, mais elle comprit aussitôt.

— Chère Madame, dit le vieux magistrat, dès qu'il fut entré, je voudrais, avant votre départ, être exactement renseigné sur quelque chose qui me tient au cœur.

« Il n'a pas pu vous échapper que j'éprouve un vif sentiment d'affection pour votre charmante fille. Je désirerais savoir si je peux espérer qu'elle daignera y répondre. »

Mme Despierres, interdite, ne répondit pas.

— Ma communication vous surprend, Madame, ou bien Mlle Marie a-t-elle déjà disposé de sa main ?

— Je ne le crois pas, répondit vivement Mme Despierres. Ma fille n'a pas de secret pour moi et je puis lire dans son cœur comme dans un livre ouvert.

« Je lui parlerai aujourd'hui même et vous donnerai une réponse, Monsieur.

— Je me suis si bien habitué [illegible] Madame, que je ne puis pas me [illegible] d'une séparation définitive.

— [illegible] Mlle Marie.

[illegible]

un peu tard. Ah ! si seulement je ne suis pas venu trop tard !

Mme Despierres était toute saisie .Elle était très flattée de la recherche de cet homme dont aurait pu être fière la femme la plus difficile.

— Je suis très honorée de votre demande, Monsieur, répondit-elle.

« Si Marie partage vos sentiments, mon consentement ne vous fera pas défaut. Je dois ajouter que je n'ai aucune fortune à donner à ma fille.

— Les qualités de votre fille sont supérieures à tous les trésors. D'ailleurs, ma fortune est assez considérable pour que je n'aie pas à me préoccuper d'une dot. L'affection de Mlle Marie me comblera suffisamment.

« Je vais me retirer et attendre, non sans impatience, votre réponse.

Marie revint presqu'aussitôt après le départ de M. Rollard. Elle avait l'air très content et s'aperçut aussitôt de la mine sérieuse de sa mère.

Comme elle lui en demandait la raison, Mme Despierres lui répondit :

— M. Rollard sort d'ici et il m'a demandé ta main.

Marie devint toute pâle.

— Que lui as-tu répondu ? demanda-t-elle, toute bouleversée.

— Je lui ai fait la seule réponse que je pouvais lui faire : que je t'interrogerais et que tu répondrais toi-même. Au surplus, cette demande mérite d'être prise en sérieuse considération.

Marie regarda fixement sa mère et répondit :

— Sans aucun doute ; mais n'oublie pas, maman, qu'il s'agit du bonheur de toute ma vie.

— Ma chère enfant, je ne veux t'influencer en rien, répliqua Mme Despierres effrayée, mais je croyais ton cœur entièrement libre.

Les yeux de Marie se remplirent de grosses larmes :

— Moi aussi je le croyais, mais tes paroles m'ont ouvert les yeux.

« Je ne puis pas appartenir à M. Rollard, avec l'image d'un autre homme dans mon cœur, quoique je ne puisse pas espérer voir mes désirs se réaliser.

« Chère maman, j'aime mieux rester fille toute ma vie, que d'abuser quelqu'un sur mes sentiments.

Mme Despierres fut tout abattue.

— Si ton cœur ne plaide pas sa cause, il ne faut plus parler de cette proposition, dit-elle gravement. J'essaierai de le faire comprendre à M. Rollard aussi délicatement que possible.

« Mais quel est l'homme qui fait ainsi battre le cœur de ma fille ? Ne dois-je pas le savoir ?

Marie devint pourpre.

— Je n'ai pas de secret pour toi, maman. C'est le docteur Brun, ce noble philanthrope.

— Je m'en doutais un peu et peut-être le bonheur que tu souhaites, n'est-il pas hors de ta portée.

— Je répondrai moi-même à M. Rollard, maman. Il mérite bien une explication franche et loyale.

« Il y a un concert au parc, je l'y trouverai sûrement.

Elle s'y rendit et dès qu'il l'aperçut, M. Rollard vint à sa rencontre.

— Je désirerais vous parler, Monsieur, dit la jeune fille, mais il y a trop de monde ici.

— Qu'à cela ne tienne, nous allons nous mettre un peu à l'écart.

Quand Marie eut fini de parler, M. Rollard lui dit avec amertume :

— Alors, c'est un refus absolu.

— Ah ! Monsieur ! vous méritez vraiment un bonheur plus grand que celui que j'aurais pu vous offrir ! J'aime probablement sans espoir, mais mes sentiments ne peuvent pas se modifier.

« Ma franchise est une preuve d'amitié que je vous donne et si je n'avais pas été sincère avec vous, vous auriez eu le droit de me mépriser plus tard.

— Je suis malheureux, Mademoiselle, mais je vous tiens en très haute estime, répliqua M. Rollard. Je vous souhaite d'être heureuse comme vous le méritez et espère que vous voudrez bien ne pas m'oublier complètement.

Il lui prit la main, la baisa et s'en alla.

CHAPITRE XI

Esclavage

Le lendemain, les dames Despierres rentrèrent à Paris et Marie retourna chez Mme de Rivebelle.

Celle-ci fut pour elle plus aimable qu'elle ne l'avait encore jamais été.

La jeune fille, loin d'y être sensible en conçut une défiance qui s'accentuait de jour en jour.

La comtesse ayant perdu une bague en diamants de grande valeur, un jeune homme la lui rapporta et les relations ainsi commencées entre lui et Mme de Rivebelle, continuèrent.

Les brillants dehors de Charles Beuvier (c'était lui qui avait trouvé la bague) étaient bien faits pour séduire et bientôt, il fut l'hôte journalier de la comtesse à la grande stupéfaction des domestiques et au grand effroi de Marie.

La jeune fille éprouvait une invincible antipathie pour ce jeune homme flatteur et galant qui essayait constamment de lui imposer sa société. Et, chose singulière, la comtesse semblait encourager son manège. Elle ne montrait pas la moindre jalousie de voir que toutes les attentions du jeune homme étaient pour Marie.

Ces façons de faire avaient d'abord impatienté Marie. Elles l'effrayèrent bientôt et elle évita de se trouver avec cet homme.

Mais Charles Beuvier ne se laissa pas si facilement éconduire. Il poursuivit même la jeune fille de ses assiduités en présence de la comtesse.

La jeune fille se plaignit finalement à Mme de Rivebelle, mais celle-ci lui répondit ironiquement.

— Mais la cour que vous fait un aussi brillant jeune homme devrait vous flatter beaucoup et elle ajouta :

« Ne faites donc pas cette figure d'enterrement, ma petite. Toutes les femmes vous envieraient votre conquête.

« Vous savez bien ce que dit le proverbe.

« Plutôt être de la poussière qu'une femme qui ne sait pas inspirer de l'amour.

« Voulez-vous donc faire exception à votre sexe ?

— Je ne me soucie pas d'une telle conquête, Madame, répliqua Marie d'un ton décidé.

« Si M. Beuvier se permet encore de m'imposer sa compagnie, je saurai bien l'éconduire comme il le mérite.

— Vous devenez bien dramatique. Mademoiselle, continua la comtesse mise en gaieté.

« Veuillez donc donner l'ordre d'atteler. Peut-être le grand air modifiera-t-il vos sentiments.

« Vous arrivez bien, dit-elle, à M. Beuvier qui entrait, à peine avait-elle dit ces mots.

« Nous allons sortir, voulez-vous être des nôtres ?

— Avec beaucoup de plaisir, Madame, et en disant ces mots, jeta un regard de feu sur Marie.

Celle-ci dit aussitôt à Mme de Rivebelle :

— Je ne me sens pas très bien aujourd'hui, Madame, je voudrais ne pas sortir.

— Cela ne se peut pas, Mademoiselle.

Et son ton était si cassant, que la jeune fille n'osa plus risquer un mot.

— Veuillez vous préparer, ajouta-t-elle, d'un ton plus amical et mettre votre tailleur bleu qui vous va si bien. »

Quand la jeune fille eut quitté le salon, Mme de Rivebelle ouvrit plusieurs écrins pour faire admirer ses bijoux à M. Beuvier.

— Laquelle de ces parures dois-je mettre et de quelle couleur désirez-vous que soit ma robe aujourd'hui ? demanda-t-elle au jeune homme avec coquetterie ?

— Une robe en velours noir avec cette parure de rubis doit vous rendre irrésistible, déclara-t-il, galamment.

— Eh bien ! vous voudrez bien nous excuser et ne pas trop vous impatienter pendant que nous allons nous habiller.

— Un mot encore, Mme la comtesse.

Et en disant cela, il ouvrit un écrin qu'il avait sorti de sa poche.

Sur le velours bleu foncé, reposait un magnifique collier de perles. C'est à peine si celui de la comtesse était plus beau.

— Oh ! ces perles sont de toute beauté ! dit Mme de Rivebelle émerveillée. A qui destinez-vous cet incomparable bijou ?

— Il fera très bien au cou de Mlle Despierres, répondit M. Beuvier assez timidement.

« Je donnerais toute ma fortune pour la posséder.

« Malheureusement, je suis en mauvais termes avec son frère dont j'ai cependant été jadis l'ami intime. Sans cela j'arriverais bien plus facilement à mes fins.

— Vous connaissez le frère de Marie ? demanda la comtesse étonnée.

— Oui, mais comme cet étudiant si sage me donnait sur les nerfs, je l'ai un peu déniaisé devant les tables de jeu.

« Si j'avais connu sa charmante sœur, mon antipathie pour lui ne m'aurait pas poussé à le desservir comme je l'ai fait depuis.

— Mais tout cela ne peut pas vous intéresser, Madame. Me faudra-t-il attendre longtemps votre retour ?

— Vous voilà déjà impatient. Donnez-moi donc ces perles, je vous prie, je veux voir comment elles seront accueillies, ajouta la comtesse en riant.

« Les perles sont le symbole des larmes, comme disent le poète et la voix populaire, et Marie est très sentimentale.

Une heure plus tard, le bel équipage de la comtesse franchissait le portail de l'hôtel.

La comtesse de Rivebelle avait mis une robe de velours noir et sa parure de rubis. Son incomparable beauté faisait sensation.

Elle conduisait tandis que Marie était assise à côté de M. Beuvier.

La comtesse l'avait forcée à mettre le collier de perles. Elle se sentait très mal à l'aise et se disait qu'à tout prix, il fallait se débarrasser de ce bijou.

En descendant les Champs-Elysées, elle vit le docteur Brun dont la haute et belle stature dominait les autres passants. Elle ne l'avait pas revu depuis son retour de Glion et fut très heureuse de cette rencontre.

Le docteur remarqua immédiatement le bel équipage et son regard se fixa aussitôt sur les personnes qui s'y trouvaient.

Charles Beuvier venait justement de prendre les mains de Marie à qui il parlait de très près.

Les yeux du docteur Brun jetèrent un éclair, son poing se crispa. Mais après avoir jeté un regard de mépris sur Marie, il se perdit dans la foule.

Marie était devenue blême, mais malgré sa pénible émotion, le regard de satisfaction diabolique que lui avait jeté la comtesse ne lui échappa point.

Elle venait de comprendre le plan de cette femme. Elle se rappela que le docteur Brun connaissait la comtesse depuis longtemps, qu'il ne l'avait pas en très haute estime et qu'il avait dû jadis être en relations étroites avec elle.

L'empressement que Mme de Rivebelle avait mis à se renseigner sur les visites du docteur chez

Mme Despierres, son apparente sympathie, devinrent clairs pour Marie.

Cette femme avait-elle deviné l'ardent amour que la jeune fille nourrissait pour le docteur, et redoutait-elle de le voir partagé ?

Marie le crut, et la courte scène qui venait de se passer lui donna aussi la certitude qu'elle-même [illegible] érente au docteur Brun.

Elle en conçut en même temps de la joie et du chagrin.

Comment devait-il la juger l'ayant vue aux côtés d'un homme comme Beuvier ?

Et [illegible] sse traitait-elle ce jeune homme avec tant de faveur ?

Elle sentait que cette femme avait imaginé un plan machiavélique pour la faire déchoir dans l'estime du docteur.

Tourmentée par ces réflexions, la jeune fille était devenue muette et ne répondait pas un mot aux flatteries de Beuvier. Un regard d'ardente colère le foudroya au moment où il allait se permettre d'effleurer sa chevelure de ses lèvres.

La comtesse, en interceptant ce regard avait eu un sourire ironique. Aussi Marie n'eut-elle plus le moindre doute sur la perfidie de cette femme.

La comtesse garda la jeune fille auprès d'elle pendant toute la journée. Elle l'observa constamment et vit combien elle était chagrinée, car Marie ne savait pas dissimuler ses sentiments.

Ce ne fut que le soir que Marie demanda quelques heures de permission.

— Vous voulez aller chez vous, demanda la comtesse surprise ?

— Oui, je n'ai pas vu ma mère de toute la semaine, répondit Marie à voix basse.

— Très bien. M. Beuvier se fera un plaisir de vous accompagner.

— Assurément, acquiesça le jeune homme.

— Je désire aller seule chez moi, répondit Marie, toujours sombre.

— Même si je désirais vous voir accepter l'offre de M. Beuvier, demanda la comtesse ?

Et en disant cela, sa figure avait pris une expression de haine inexprimable et de furieuse méchanceté.

Marie aurait bien voulu être loin de là, toutefois, elle resta inébranlable.

— Je regrette, Madame la comtesse, de ne pouvoir me rendre à votre désir, répliqua-t-elle avec fermeté.

La comtesse regarda très étonnée, la douce et conciliante jeune fille qui osait ainsi lui résister.

— Vous oubliez, ma chère, dit-elle ironiquement, que vous parlez à votre maîtresse.

— Pas le moins du monde, Madame la comtesse, mais votre pouvoir prend fin dès qu'il s'agit de mes affaires particulières.

La comtesse se mordit les lèvres de dépit.

— Je ne suis pas heureuse en m'occupant de vos affaires, dit-elle, d'un ton de persiflage en s'adressant à Beuvier. Désormais, il faudra vous en occuper vous-même si vous voulez mieux réussir.

— Puis-je considérer votre permission comme valable, Madame la comtesse, demanda encore une fois Marie ?

— Assurément, et vous pouvez vous retirer.

Ces mots étaient dits sur le ton glacial de jadis.

Marie partit incontinent, mais ne se dirigea point vers la maison de sa mère.

Une demi-heure plus tard, elle se trouva, hésitante et peinée, devant l'hôtel du docteur Brun.

— M. le docteur Brun est-il chez lui, demanda-t-elle timidement ?

— Oui, Mademoiselle, répondit le valet de chambre en la faisant entrer dans le salon où quelques instants plus tard, le docteur vint la rejoindre.

— Marie ! dit celui-ci joyeusement, Mlle Despierres, corrigea-t-il aussitôt, vous désirez me parler ?

— Oui, docteur, répondit-elle, avec un regard d'angoisse.

— Qu'est-il arrivé ? désirez-vous mon aide, demanda le médecin avec compassion ?

— Je viens vous demander un conseil, docteur, répondit tristement la jeune fille.

Elle avait résolu de tout lui raconter, de lui ouvrir complètement son cœur, et maintenant, elle était très embarrassée et ne savait pas par où commencer.

— Calmez-vous, Mademoiselle, dit le médecin avec douceur. Vous me direz un peu plus tard comment je puis vous être utile.

Enfin, elle put parler et elle raconta au docteur combien elle souffrait de sa dépendance et qu'il lui était impossible de continuer à vivre chez la comtesse.

A ce discours, le profond amour que le médecin avait pour la jeune fille et qu'il avait essayé d'endormir pendant ces derniers temps, se réveilla, mais aussi sa fierté.

— Vous avez à maintes reprises, refusé mon appui, Mademoiselle, dit-il avec gravité.

« Il me semble que c'est l'affaire de celui que vous aimez de vous tirer de cette pénible situation. Une intervention étrangère, ne pourrait, me semble-t-il, que vous nuire.

— De celui que j'aime ? répéta-t-elle. De qui voulez-vous parler, docteur ?

— Mais de ce jeune homme qui vous fait si ouvertement la cour. On le désigne généralement comme l'heureux...

Il ne put pas continuer, frappé qu'il était par la pâleur de la jeune fille. que toute vie semblait avoir abandonnée.

— Pas un mot de plus, dit-elle, sur un ton de commandement. Chaque mot serait une offense.

« Et vous avez ajouté foi au bruit qu'une misérable intrigante sans cœur a répandu, et vous m'avez condamnée sans même m'avoir entendue ?

— Marie ! dit le docteur tout saisi.

— Je ne veux pas vous importuner davantage, docteur, dit la jeune fille d'une voix blanche. Le reste me regarde et elle se dirigea vers la porte, mais le docteur la retint .

— Pardonnez-moi si je suis dans l'erreur, Marie, dit-il, sur un ton de prière ; mais de grâce, ne partez pas ainsi.

Il lui prit les mains, et elle ne fit aucun mouvement pour les retirer. De chaudes larmes tombèrent de ses yeux.

Tous ses chagrins de ces derniers jours venaient se résoudre en une pluie de pleurs amers.

Pour la consoler, le docteur lui dit :

— Vous ne savez pas ce que j'ai souffert quand j'ai appris que vous alliez vous fiancer à ce jeune homme frivole.

« Pardonnez-moi, Marie, d'avoir ajouté foi au bruit répandu par la comtesse et M. Beuvier, bruit qu'avec un peu de réflexion, j'aurais dû taxer d'invraisemblable.

« C'est l'amour que j'ai éprouvé pour vous dès le premier moment que nous nous sommes vus, qui m'a égaré. J'espère bien qu'à partir de ce moment, tous les malentendus entre nous sont dissipés.

Le docteur fixait ses regards rayonnants de bonheur sur le visage toujours en larmes de la jeune fille.

— Désormais, vous serez la reine ici, et ma vie toute entière vous sera consacrée .

— Mon Dieu ! comme je suis heureuse! répondit enfin la jeune fille, et après avoir essuyé ses larmes, elle se sauva pour se réfugier auprès de sa mère, qu'elle voulait rendre confidente de son bonheur.

CHAPITRE XII

Empoisonneuse

Le lendemain, la comtesse de Rivebelle était dans tous ses états et cherchait sur toute chose, noise à Marie.

Marie laissa passer docilement l'orage, heureuse à l'idée de savoir que bientôt son esclavage prendrait fin.

La comtesse, malgré toutes ses méchancetés, n'était pas parvenue à assombrir le visage heureux de la jeune fille.

La joie intérieure qui l'animait était si grande, que sa figure était devenue plus belle encore.

Ce changement n'échappa pas aux yeux jaloux de la comtesse.

Ses regards inquisiteurs cherchaient à s'en rendre compte.

Marie venait de lui faire lecture et la comtesse lui avait dit avec mauvaise humeur.

— Déposez donc votre livre, Mademoiselle. Je continuerai à lire moi-même tout à l'heure. Votre voix aujourd'hui est si monotone, qu'elle en est exaspérante .

— Vous m'obligerez fort, Madame la comtesse, en me dégageant de toute obligation vis-à-vis de vous, répliqua Marie gravement.

« J'ai pu dans ces derniers temps, comprendre que vous n'étiez plus satisfaite de mes services.

La comtesse bailla.

— Vous désirez me quitter, Mademoiselle Despierres, finit-elle par dire. Votre mère est-elle de nouveau souffrante ?

— Grâce à Dieu, non, répondit froidement Marie. Mais mon fiancé désire que je vive chez ma mère jusqu'au jour prochain de notre mariage.

La comtesse se souleva vivement du divan où elle était assise.

— Vous êtes fiancée, dit-elle étonnée ? Vous ne m'en avez jamais rien dit. Ou bien les fiancés tombent-ils directement du ciel ?

Marie rougit, mais son regard soutint tranquillement le regard interrogateur de la comtesse.

Elle fit semblant de n'avoir pas entendu ses paroles offensantes : elle voulait garder tout son sang-froid en présence de l'orage qui s'annonçait.

Elle savait maintenant que cette femme pour qui elle ne pouvait éprouver que du mépris, avait jadis rendu M. Brun très malheureux. Et comme la comtesse de Rivebelle était désormais bannie du cœur du docteur, la jeune fille n'éprouvait aucune jalousie à penser que le premier amour du docteur avait été pour cette femme.

Sophie Burel avait jadis elle-même mis fin à cet amour pour rechercher une haute situation sociale et la comtesse de Rivebelle n'avait plus aucun droit sur M. Brun.

— Mes fiançailles sont trop récentes pour que

j'aie pu vous en informer, madame la Comtesse, réplique Marie. Elles ne datent que d'hier.

— Et peut-on savoir le nom de l'heureux mortel ? demanda la comtesse très curieuse.

— Assurément, c'est le docteur Brun, répondit la jeune fille avec fierté.

Un lourd silence suivit ces mots.

Le visage de la comtesse de Rivebelle était devenu exsangue. Ses yeux noirs lancèrent des éclairs, mais elle sut très vite se dominer.

— Le docteur Brun ? répéta-t-elle d'un ton presqu'indifférent. Je croyais bien que M. Beuvier avait touché votre cœur.

— Je ne crois pas avoir témoigné le moindre intérêt à ce jeune homme, répondit Marie d'un ton sombre. J'ai constamment repoussé ses avances et je ne peux pas comprendre ce qui a pu vous faire faire une telle supposition, Madame la comtesse.

— Ne vous échauffez pas, Mademoiselle, et le ton de la comtesse devint mordant. Au fond, il m'est bien indifférent, qui vous épouserez.

« Quand je vous aurai trouvé une remplaçante, vous pourrez partir d'ici. Et maintenant, je vous serais obligée de voir pourquoi on tarde tant à m'apporter mon chocolat.

Marie sortit sans rien répliquer. Elle savait que l'ordre de la comtesse n'était qu'un prétexte pour l'éloigner.

La comtesse de Rivebelle la suivit d'un regard menaçant.

« Misérable créature, se dit-elle ! tu t'es permis

de me braver, mais tu as mal apprécié la puissance avec laquelle tu es entrée en lutte. »

Et en disant ces mots, elle arpentait son boudoir, avec la haine peinte sur son visage.

Lentement, elle ouvrit son secrétaire et y prit un petit coffret d'un travail très précieux qui s'ouvrit après qu'elle en eut fait jouer le ressort secret.

Un sourire diabolique éclairait ses beaux traits. Ses yeux fulguraient comme ceux de la déesse de la vengeance qui voue tout à la destruction.

Elle saisit lentement une des petites fioles renfermées dans le petit coffret en disant :

« Tu peux me convenir, si toutefois tu ne laisses pas de traces. Mais advienne que pourra, nous allons bien le savoir.

Et elle mit la petite fiole dans son corsage.

« Aucun soupçon ne pourra m'atteindre. Que m'importe la vie de ma dame de compagnie ! d'ailleurs, Charles Bouvier doit servir à quelque chose. La jalousie a fait plus d'une victime. Un signe suffira. Et elle rit méchamment.

« Qu'importe au monde ton existence, misérable petite créature ? Il t'aura vite oubliée. Et en cas d'urgence, reprit-elle, je saurai bien aviser. »

Quelques instants plus tard, Marie étant revenue, elle sourit en buvant sa tasse de chocolat.

« Il est excellent, ce chocolat, dit-elle.

Mais pâlissant subitement, elle ajouta en se tenant au coin de la table.

— Qu'ai-je donc ? Tout tourne autour de moi ! de l'eau ! vite un verre d'eau !

Sa voix était toute changée.

Effrayée, Marie courut pour chercher le verre d'eau demandé.

Un méchant regard de la comtesse la suivit et sa petite main vida entièrement le contenu de la petite fiole dans la tasse de chocolat encore pleine de la jeune fille. Un sourire haineux revint sur ses lèvres.

— Oh ! comme je regrette d'apprendre que vous êtes souffrante, Madame la comtesse !

Ces mots furent dits avec une grande chaleur par M. Beuvier qui apportait lui-même un verre d'eau.

La comtesse en le voyant, se souleva.

— J'avais demandé un verre d'eau à ma dame de compagnie dit-elle d'un ton glacial.

— Mlle Despierres s'est effrayée en me voyant, comme si elle avait été piquée par une vipère, dit le jeune homme, et elle aurait laissé échapper le verre, si je ne l'avais pas saisi. Voilà l'explication de mon intervention, Madame. Et il lui présenta le verre d'eau en s'inclinant profondément.

« Il paraît que j'arrive à point, dit le jeune homme en jetant un coup d'œil sur les tasses pleines.

« Puis-je m'inviter, Madame ? Le chocolat est ma boisson favorite.

Et en disant ces mots, il s'assit sans façons dans le fauteuil que Marie venait de quitter, et attira vers lui la tasse pleine.

La comtesse avait suivi ses mouvements avec une angoisse mortelle.

— Marie a déjà bu dans cette tasse, dit-elle vivement. Je vais en faire apporter une autre.

— Ah ! alors ses douces lèvres y ont déjà goûté, dit le jeune homme avec feu.

« Oui, je sens qu'une odeur délicieuse s'en dégage. Et il porta rapidement la tasse à ses lèvres et la vida d'un trait.

Complètement égarée, la comtesse avait assisté à ce manège ; ses yeux devinrent vitreux et cette fois, la syncope qui la prit, n'était pas feinte.

CHAPITRE XIII

Un suicide

La mort foudroyante de M. Beuvier fit un bruit énorme. Le jeune homme était très connu dans le monde où l'on s'amuse, et même dans le monde.

Au déjeuner, il était très bien portant. Il s'était plaint un peu plus tard, avait-on dit, et vers le soir, il était mort.

Il était le fils d'un grand manufacturier de Lyon et avait jadis passé une année à Leipzig pour se perfectionner dans la langue allemande.

Sa famille fut prévenue télégraphiquement de sa mort et le lendemain matin, son père arriva à Paris.

Les médecins avaient déclaré que le jeune homme était mort d'un coup d'apoplexie foudroyante. Seul le père du jeune homme mit en doute ce diagnostic et demanda qu'on fît l'autopsie.

A la stupéfaction générale, le résultat de l'autopsie fut : mort par empoisonnement.

On fit une sérieuse enquête qui n'aboutit pas.

On parla beaucoup de relations intimes entre la comtesse de Rivebelle et Charles Beuvier, mais on constata que la comtesse n'avait aucune raison de se débarrasser de lui .

Mais malgré cela, les soupçons s'attachèrent à cette femme et furent encore renforcés par un ami du défunt qui dit que Beuvier lui avait confié s'être senti souffrant après avoir pris une tasse de chocolat chez la comtesse.

Le journal de Beuvier contenait d'ailleurs quelques remarques qui renforcèrent les soupçons ; mais comme ces remarques étaient assez obscures, on ne vit pas tout d'abord la relation qu'il y avait entre sa mort et la tasse de chocolat absorbée.

On finit cependant par comprendre cette note ; elle signifiait qu'il avait pris le chocolat malgré la comtesse, la tasse étant préparée pour une autre personne.

La syncope de la comtesse le lui avait fait pressentir.

Cette note était assez embrouillée et difficile à déchiffrer. L'esprit du défunt était sans doute déjà égaré par la douleur et ses forces devaient l'avoir en partie abandonné au moment où il l'avait rédigée. Elle était cependant suffisante pour justifier l'arrestation de la comtesse.

Celle-ci ne prononça pas une parole quand on

vint pour l'arrêter.

Fière et hautaine, elle dit aux agents de la sûreté :

« Je suis prête à vous suivre, permettez-moi seulement de prendre un chapeau et un manteau.

Comme ces deux hommes n'avaient aucune instruction qui le leur défendait, ils laissèrent la comtesse aller dans une pièce voisine pour chercher ces objets.

Comme la comtesse tardait à revenir, ils finirent par s'impatienter et frappèrent à la porte de la pièce où elle était entrée.

Ne recevant pas de réponse, ils y pénétrèrent à leur tour et trouvèrent la comtesse inanimée sur le tapis devant son secrétaire ouvert.

Une petite fiole qui se trouvait à côté d'elle indiquait qu'elle s'était empoisonnée.

Sur la tablette du secrétaire se trouvait une lettre au procureur où elle avouait son crime.

Elle y disait que Charles Beuvier avait pris le poison par inadvertance, mais sans indiquer à qui il était destiné.

On parla beaucoup de ce drame ; mais le silence se fit assez rapidement, car la curiosité du public est surtout sollicitée par l'actualité.

Des mois s'étaient écoulés et Marie était toujours auprès de sa mère.

La mort violente des deux personnages qui avaient eu une si douloureuse influence sur sa vie et celle de son frère, avait profondément bouleversé Marie et sa mère, et ces deux dames eurent de la peine à retrouver leur équilibre moral.

La femme de chambre de la comtesse de Rivebelle, quelques jours après la mort tragique de sa maîtresse, avait apporté au docteur Brun, une lettre où la comtesse expliquait son crime.

Elle y parlait de son mariage, de la vie malheureuse qu'elle avait menée aux côtés du comte de Rivebelle et disait qu'elle aimait toujours le docteur et n'avait jamais aimé que lui.

Le docteur Brun eut à cette lecture, une pensée de compassion pour la malheureuse femme que son orgueil et sa sécheresse de cœur avaient égarée et que la Némésis vengeresse avait atteinte.

Il voulut hâter son mariage comme s'il craignait de voir survenir au dernier moment, quelqu'obstacle à son union avec Marie.

La cérémonie eut lieu par une belle matinée de printemps dans la plus stricte intimité, dans l'église d'un petit village des environs de Paris.

Quelques jours avant son mariage, Marie avait reçu une très affectueuse lettre de félicitations avec un très beau cadeau de M. le conseiller Rollard.

Le jeune couple partit pour l'Italie et devait passer une partie de l'été dans l'Oberland bernois où il avait loué une villa.

La jeune femme, quoique fort émue en quittant sa mère, était tranquille sur son sort, car son frère était de retour et avait trouvé une très belle situation, grâce à ses travaux philologiques qui avaient été très remarqués.

CHAPITRE XIV

Un cœur douloureux

Une pluie persistante avait fait depuis quelques semaines le désespoir des habitants de Leipzig. Aussi, le retour du soleil et du beau temps furent-ils salués par une joie unanime, car chacun était heureux de revoir un peu de ciel bleu.

Le temps exerçait comme toujours, son influence sur les dispositions des hommes.

Les plus malheureux mêmes, se sentent moins malheureux quand le soleil leur sourit et qu'ils peuvent respirer l'air pur.

Les promenades publiques étaient envahies par une foule considérable.

Parmi les promeneurs se trouvait un vieux Monsieur accompagné de deux jeunes femmes.

Cétait M. Lenoir accompagné de ses deux filles, Valérie et Agnès.

Valérie était maintenant une jeune femme heureuse. Elle s'entendait très bien avec son mari.

M. Lenoir avait énormément vieilli, car son enfant préférée, Agnès, lui causait de graves soucis.

A l'impression pénible que lui avait causée la colère des ouvriers, était venu s'ajouter le chagrin du départ d'Henri.

M. Lenoir lui avait déclaré le lendemain même, que jamais il ne donnerait son consentement à son mariage avec M. Despierres. Elle avait été d'autant plus frappée de cette déclaration de son père que c'était pour la première fois qu'il agissait avec sévérité à son égard.

Agnès était tombée malade et était restée longtemps entre la vie et la mort.

Quand enfin elle se remit, la belle et fraîche jeune fille était devenue une créature mélancolique et triste dont la délicate santé exigeait des soins continus.

M. Lenoir avait beaucoup voyagé avec elle.

Sur le conseil des médecins, on était allé d'un pays dans un autre sans que pour cela, l'état de la jeune fille s'en trouvât amélioré.

M. Lenoir avait presque abandonné ses affaires à un directeur et à son fils qui était devenu un tout autre homme depuis la grève des ouvriers.

Le viveur blasé et superficiel qui jadis ne s'intéressait qu'aux sports était devenu un homme d'affaires grave et sérieux.

Ce changement de caractère s'était, il est vrai, opéré lentement, et grâce surtout à l'amour d'une belle et gracieuse jeune femme, fille d'un manufacturier, ami de la famille.

Cette jeune femme exerçait sur son mari la plus heureuse influence et avait fait de lui un homme parfaitement digne de la confiance de son père.

M. Emile Lenoir avait regretté sa haine injustifiée contre Henri Despierres, d'autant plus qu'il lui devait une grande reconnaissance pour son intervention lors de la grève.

Mais M. Lenoir père, d'ordinaire si bon, avait

montré une implacable dureté contre Despierres qui, d'ailleurs ne donnait plus signe de vie.

Mais, quand il vit que plus jamais aucun sourire n'éclairait la figure de son enfant bien aimée et que les médecins eurent déclaré que la maladie devait avoir une cause morale, un profond chagrin, il fut saisi de remords.

Aujourd'hui même, la jeune fille s'était promenée tristement sans prononcer une parole.

Ni le ciel radieux, ni la foule bruyante, n'avaient pu la tirer de sa mélancolie.

Au contraire, sa tristesse paraissait avoir augmenté avec le retour du beau temps et la satisfaction qui se lisait sur tous les visages.

Et c'était grande pitié de voir une aussi belle jeune fille si profondément abattue.

— Que m'importe la vie solitaire et sans bonheur ? pensait-elle.

« Il est probable que je ne verrai plus refleurir un autre printemps.

« L'année prochaine, quand la nature reverdira, j'aurai sans doute rendu mon âme au maître souverain de nos destinées.

A [illegible] moment, son émotion fut si violente et son désespoir si grand, qu'elle fondit en larmes.

— Tu pleures de nouveau, mon Agnès ? dit M. Lenoir en tournant vers elle sa figure ravagée et désespérée.

« Mon enfant, tu me causes un profond chagrin.

« Il m'est impossible de supporter plus longtemps la vue de ta douleur.

« Laisse-toi aujourd'hui gagner par la douceur de cette belle journée, puisque demain nous partirons, toi et moi, pour Paris, où ton cœur t'attire.

En entendant ces mots, la jeune fille eut un sourire presque joyeux.

Le désir de vivre et d'être heureuse était rentré malgré tout dans son jeune cœur.

Le lendemain, M. Lenoir prit avec sa fille le rapide pour Paris.

CHAPITRE XV

Enfin réunis

Ce matin-là, Paris avait un aspect particulièrement beau.

Tout ce que la nature et le luxe peuvent réunir d'agréable, sétait rassemblé au bois de Boulogne.

C'était une de ces belles journées de printemps qui font des beaux quartiers de Paris un spectacle de féérie ininterrompue.

Aucune ville au monde n'a cette grâce et cette attirance.

Agnès qui était sensible à 'a beauté et qui avait une nature fine et artistique, semblait renaître.

Son chagrin et ses soucis paraissaient s'être évanouis.

M. Lenoir avait remarqué avec une joie visible que sa gaieté semblait revenir.

Elle ne se lassait pas de faire la promenade de la place de la Concorde au Bois de Boulogne et il lui semblait chaque jour, qu'elle la faisait pour la première fois.

En compagnie de son père, elle était installée dans une belle auto et ils devaient, après leur promenade, aller déjeûner au pavillon Henri IV, sur la terrasse de Saint-Germain.

La jeune fille se sentait tout à fait heureuse, car son père lui avait promis que la semaine ne se passerait pas avant qu'elle eût revu le jeune homme qu'elle aimait avec toute l'ardeur de son jeune cœur fidèle.

Cette entrevue devait avoir lieu plus vite qu'ils ne le pensaient.

Le hasard arrange quelquefois très bien les choses et donne souvent vite un corps à nos plus chers désirs.

Quand M. Lenoir et Agnès arrivèrent à Saint-Germain, une autre auto s'arrêta en même temps que la leur au pavillon Henri IV.

Agnès avait, pendant la route, remarqué le couple qui se trouvait dans cette auto.

Elle avait même cherché à se rappeler où elle avait déjà rencontré cette belle jeune femme et son si sympathique compagnon.

Mais ce fut en vain. Sa mémoire lui fit complètement défaut.

Comme son père et elle se trouvèrent pour déjeûner, à une table voisine de celle du couple qui l'intriguait ainsi, elle apprit qu'il possédait dans l'Oberland bernois, une villa où il passait quelques semaines en été.

Agnès se sentait particulièrement attirée vers la jeune femme, ce qu'elle ne pouvait pas s'expliquer elle-même, car d'ordinaire, elle était fort réservée avec les étrangers.

De son côté, la jeune femme paraissait éprouver beaucoup de plaisir à la conversation d'Agnès.

On passa l'après-midi ensemble de la façon la plus agréable.

Et quand l'heure de se séparer arriva, les deux jeunes femmes se promirent de se revoir.

Le jeune homme tendit en souriant sa carte à M. Lenoir et dit :

« Je ne vois pas très bien, mesdames, comment vous pourriez vous retrouver sans cette petite précaution, car nous avons totalement négligé de nous présenter les uns aux autres.

M. Lenoir prit la carte en pressant la main du jeune homme et lui tendit la sienne.

Quand on se fut séparé, Agnès dit à son père :

— Donne-moi la carte. Je voudrais bien savoir comment s'appellent ces personnes si aimables.

Et elle lut : *Le docteur et Madame Brun.*

— Oh ! papa ! s'écria-t-elle, dans un véritable transport d'allégresse. Je me rappelle maintenant que nous avons lu dans les journaux que Mlle Despierres avait épousé le professeur Brun.

« D'ailleurs, elle ressemble à son frère.

« Elle a les mêmes traits et les mêmes yeux doux et beaux.

« Oh ! papa chéri ! j'éprouve une joie inexprimable ! Je m'explique maintenant ma sympathie pour cette jeune femme.

« Elle est aussi bonne que belle, son frère me l'a dit jadis.

Comme M. Lenoir se taisait, la jeune fille ajouta presque tristement :

« Mais papa, tu ne prends aucune part à mon bonheur !

M. Lenoir caressa doucement la joue de sa fille.

— Ma chère enfant, tu te trompes, dit-il. Je suis très heureux de ton bonheur et je me sens tout rajeuni de voir que l'espoir est rentré dans ton cœur.

— Sais-tu, Marie, que je suis devenu presque jaloux ? disait au même moment, le docteur Brun à sa jeune femme assise à ses côtés dans l'auto.

— Jaloux ? demanda-t-elle d'un air mutin.

« Du vieux Monsieur, peut-être ?

— Non, mais de sa fille. Tu t'es occupée d'elle pendant tout l'après-midi et tu n'as même plus daigné m'accorder un regard.

— Oh ! le malheureux ! dit-elle avec une pitié feinte pendant qu'un sourire malicieux venait éclairer ses beaux yeux fixés sur son mari.

— Je ne sais pas si je dois encourager votre liaison naissante reprit M. Brun, car cette jeune fille peut me ravir une partie de mon trésor.

« Je crois bien que nous manquerons au rendez-vous donné.

— Tu n'es qu'un égoïste, répondit la jeune femme en souriant. Crois-tu vraiment, que je vais me laisser tyranniser ainsi par mon seigneur et maître ?

En attendant, donne-moi les cartes qu'on t'a remises, car je voudrais bien savoir quelles sont les aimables personnes que le hasard a mises aujourd'hui sur notre route.

LOUIS LENOIR
Manufacturier

Leipzig.

AGNÈS LENOIR

lut-elle surprise et elle ajouta :

— Mon Dieu ! comme Henri va être heureux !

« Cette jeune fille est vraiment très jolie et digne de son fidèle amour.

« Nous n'avons pas perdu notre journée aujourd'hui, Charles !

— Mais, Marie, je deviens encore plus jaloux, répondit le docteur Brun avec un sérieux comique. Tu ne t'occupes que des autres et tu m'oublies complètement moi-même.

— Ne dois-je pas essayer de rendre mon frère heureux, alors que je le suis, moi, si entièrement ?

Quelques jours plus tard, on pouvait voir, dans une très belle auto, deux couples se promener au Bois.

C'étaient M. et Mme Brun et Henri et Agnès.

Les deux jeunes gens étaient fiancés.

Les fiançailles avaient eu lieu dès le lendemain de la rencontre de Saint-Germain.

M. Lenoir n'avait mis qu'une seule condition à son consentement.

Son futur gendre se fixerait à Leipzig où il deviendrait un des associés de sa maison.

De cette façon, il n'aurait pas à se séparer de

sa fille bien-aimée et il serait sûr que sa maison serait toujours en bonnes mains.

Henri souscrivit d'autant plus volontiers à ces conditions qu'il espérait pouvoir continuer à Leipzig certains travaux philologiques qui le passionnaient.

M. Lenoir était rayonnant.

Sa satisfaction était d'autant plus grande, qu'il avait pris, sans le dire à Agnès, des renseignements sur son futur gendre et ces renseignements étaient en tous points excellents.

On y parlait même, mais en l'expliquant conformément à la vérité, de l'erreur de jeunesse dont s'était rendu coupable jadis Henri Despierres, sur les conseils pernicieux de son faux et malheureux ami, Charles Beuvier.

FIN

Volumes parus :

30. FIDÉLITÉ
Par G. Lefranc

31. SANG MAUDIT
Par J. Descamps

32. MIARKA LA BULGARE
Par M. Priollet

33. LA REMPLAÇANTE
Par J. de Nayrac

34. Heureux Dénouement
Par H. Derval

35. LA FILLE D'ALSACE
Par M. Priollet

36. PIEUSE VENGEANCE
Par J. Bellan

37. LA FUGITIVE
Par V. Charvet

Volumes à paraître :

Honneur pour Honneur

Par Jules de GASTYNE

ELLY LA BOHÉMIENNE

Par J. LEFRANC

Etc., etc.

Paris. — Imprimerie Maillet, 3, rue de Chatillo

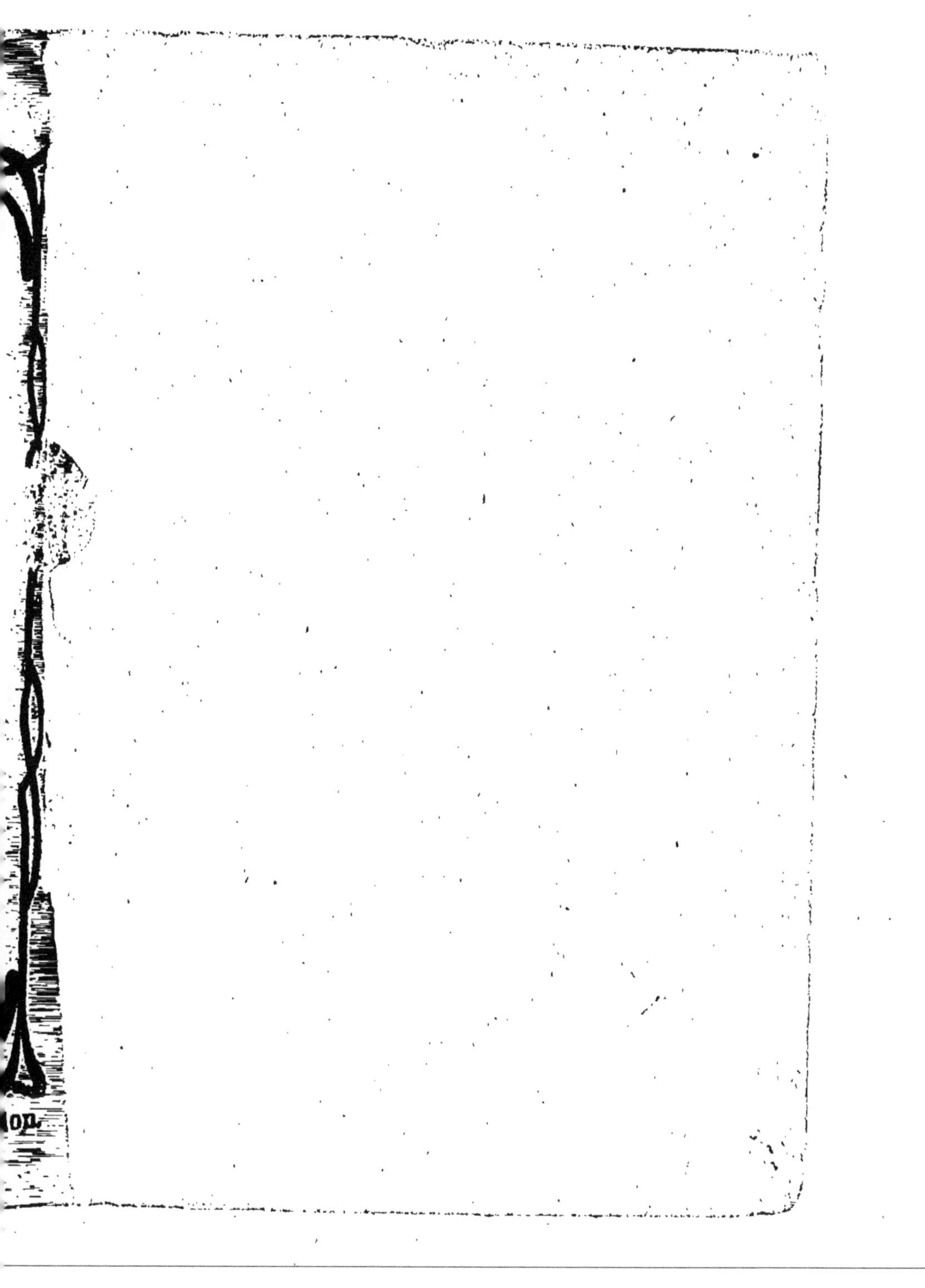

SCEAUX. — IMP. CHARAIRE

www.ingramcontent.com/pod-product-compliance
Ingram Content Group UK Ltd.
Pitfield, Milton Keynes, MK11 3LW, UK
UKHW021541260726
13993UKWH00002B/571